1941. 11. 20	부산에서 君川丸으로 출국
1941. 11. 21	사세보군항 입항
1942. 4. 4	작업동원
1942. 5. 30	오오무라 해군공항 확장공사장
1943. 3. 10	하노이사끼로 이동 부두공사장
1943. 10. 6	오오무라 비행장 확장공사장 복귀
1943. 11. 21	형에게 편지보냄
1944. 1. 2	편지발각 소환조사
1944. 4. 13	해군형무소행
1944. 4. 30	君川丸으로 남양군도로 향함
1944. 5. 18	필리핀 마닐라 입항
1944. 9. 4	싱가폴에서 출발(기차로)
1944. 10. 6	사이공 도착
1944. 10. 7	제101 해군병원 쓰도무지구 의무장 피명
1944. 11. 29	첫사랑 김영숙(정신대) 상봉
1945. 6. 20	쓰도무 공습
1945. 8. 15	일본천황 항복으로 해산
1945. 10. 7	부산으로 귀국

최영종 장편실화소설

어느 징용자의 수기

불충신민

不忠臣民

한누리
미디어

차례

CONTENTS

되돌아온 편지 · 9

어려웠던 출국 · 19

조선징인 까닭으로 · 36

일본군의 발악 · 45

품삯 4원 50전 · 61

폭동 · 69

생각 밖의 친절 · 98

용수 쓴 죄인 · 115

총알받이 · 132

남양군도로 · 137

6개월의 호강 · 140

지루한 여행 · 158

벼락감투 · 171

나꾸이쩨(29 : 1) · 190

재회 · 227

공습 · 235

파국 · 242

해산 · 247

천원짜리 인생 · 254

에필로그 · 257

되돌아온 편지

그 편지에 대해 그래도 가끔은 실오라기 같은 불안감이 일고 있었다.

한 해를 그런 대로 아무 탈 없이 보내고 새해를 맞이하던 1944년 1월 2일.

신정 연휴라서인지 우리 징용자들에게도 조촐하게나마 별미가 차려져 오고, 숙소에서 나름대로 편하게 쉬고 있던 오전 11시쯤이었다.

우리 숙소로 '와다나베(渡邊)' 라는 경무와 함께 전혀 초면인 사람들이 찾아왔다. 그들은 살기 띤 모습으로 숙소에 들어섰고 그들 중 와다나베 경무가 소리쳤다.

"여기 요시야마 메이쇼구가 누구냐?"

요시야마란 나를 가리킨다. 성씨 최(崔)자를 요시(隹)와야마(山)로 나누어 이렇게 불렀다. 순간 나의 가슴은 얼음 덩이처럼 차갑게 굳어지는 것 같았다.

"예, 제가 바로 '요시야마 메이쇼구(佳山明植)'입니다 만⋯⋯."

내가 선뜻 나서자 그들은 나를 사나운 눈초리로 위아래 를 주욱 훑어보고 난 뒤, 금방 죽이기라도 하려는 듯이 재 차 묻는 것이었다.

"네가 요시야마 메이쇼구라고⋯⋯!"

"예 그렇습니다."

"좋아, 지금 당장 해군 본부 노무주임 앞으로 가자!"

"무슨 일로요?"

"글쎄, 내가 알 게 뭐야, 가보면 알 것 아냐, 빨리 가자!"

와다나베 경무의 말투는 차갑기 짝이 없었다.

'설마⋯⋯. 그 편지 사건 외에는 꼬투리 잡힐 만한 일이 없는데⋯⋯.'

나는 퉁명스럽게 혼잣말처럼 한 마디 해대면서 그들을 따라 나섰다

"연휴중인데 왜 이래욧. 볼 일 있으면 내일 오라고 하던 지 하지⋯⋯."

불평도 잠시. 바로 조금 뒤 내 생각이 바보스러웠음을 깨 닫게 되었다.

아버지가 중국 상해로 건너가 독립운동을 하고 있다는 사실이며, 나 역시 '오무라'에서 취사장의 하마들과 크게 싸운 사고뭉치인데, 나에게 좋은 일이 있기를 기대하는 것

은 바보 같은 생각이라는 사실을 알았기 때문이다.

나와 놈들 셋은 숙소 옆 얼마 안 떨어진 이시하야 역으로 갔다.

기차를 타고 한 시간쯤 달려간 듯하다.

3년 전에도 잠깐 들렀던 사세호 해군 본부, 그 건물이었다.

노무주임 사무실로 갔다. 그는 자리에 없었다. 결재 받으러 위층으로 갔다고 누군가 귀뜸을 해준다.

얼마를 기다리자 그가 돌아왔다.

나는 몸에 밴 대로 벌떡 일어나서 부동자세를 취하고 소리 높여 도착 보고를 했다.

노무주임, 그의 이마에서는 여러 겹 깊이 새겨진 주름 사이로 전쟁의 고달픔을 읽을 수 있었고 제복 어깨 위, 그리고 가슴 위에 다닥다닥 붙은 놋쇠조각들이 그가 걸어온 인생의 여정을 말해 주고 있었다.

60세가 넘은 해군 대좌로 이름은 '나가노겐지(中野謙次)'라고 했다.

그는 나를 한동안 뚫어지게 쏘아보더니 한 마디 던졌다.

"네가 요시야마냐? 넌, 나를 잘 알 테지. 강연과 교육도 여러 곳에 다니면서 했으니 말이다."

"네 잘 알고 있습니다."

그는 비서에게 다시 소리쳤다.

"어이, 가네미야! 요전의 그 편지 가져와."

순간 나의 가슴이 철렁 내려앉았다.

'아! 이거 들켰구나, 그 편지가 드디어 산통을 깨고 말 았구나!'

입술이 부르르 떨리기 시작했다.

가져온 편지는 두 통이었다.

한 통은 누구 것인지 모르나 한 통은 분명히 내 것이었 다.

"어이 요시야마, 이것이 네가 쓴 것이지?……."

"네."

나는 목소리가 자꾸만 목구멍 속으로 기어들어가 겨우 모기 소리만하게 대답했다.

그는 일본어로 바꾸어 놓은 내 편지를 읽어 주었다. 다 읽고 난 그는 나를 다시 한 번 쏘아보더니 거칠게 한 마디 내뱉었다.

"지금 우리 대일본제국은 대동아성전을 성공적으로 완 수하기 위해 전국민 총동원령까지 내려 일본 내의 본토인 이나 반도 조선인까지 한 덩어리가 되어 전쟁에·이기려고 총력을 기울이고 있는 이때, 네 놈은 잠꼬대만 해댓? 네 놈이 감히 황공스럽게도 이 전쟁에서 진다고 나발을 불어 대! 황국 일본이 패전한다고 편지나 써대고……. 충성스 럽지 못한 놈이야. 불충신민(不忠臣民)이란 말이얏! 도대 체 네 놈은 어떻게 돼 먹은 놈이냐? 한낱 징용자인 주제 에 네놈이 뭘 안다고 그렇게 불충한 내용의 편지를 보냈느 냐? 앞으로 조사하면 알 일이지만 너는 간첩죄에 군사기 밀누설죄, 이적죄에도 걸려 사형당하고도 남을 거야. 이

개만도 못한 조센징……!"

"저어……. 그런 게 아닙니다. 제가 잘못 했습니다. 용서해 주십시오, 대좌님. 형님이 자원하여 징용을 와도 헛일이라는 것을 알리기 위해서였는데……."

그리고 편지 내용을 다시 말하고 싶었으나 읽어 다 아는 사실이기에 그만두었다.

빌어서 용서해 달라, 잘못 했다고 해서 풀어질 사안은 아니기에 오히려 입 다물고 있는 편이 대좌의 분을 덜 일게 하리라는 계산도 해보았다.

"뭐라고! 이 병신아, 이제 와서 잘못 했다고만 하면 끝날 줄 알아! 들어 봐 이 멍청아! 네가 보낸 편지가 나가 사끼껭 지사로부터 경시청, 헌병대, 전국 해공항, 그리고 각 수사기관에 알려져 비상망이 쳐진 줄 모르고 있나! 너는 곧 헌병대로 넘겨져 조사를 받게 될 거야. 네 편지 사건이 신문에 나가면 전선 후방할 것 없이 전 국민에게 충격을 주고 사기를 떨어뜨리고도 남기에 언론통제하느라고 애를 썼다는 것도 알아야 해!"

그는 편지 파급 효과를 놀라움으로 말하면서 옆에 서 있던 와다나베 경무에게 헌병대로 넘기라고 지시했다.

와다나베는 나를 앞세우고 그 방을 나왔다.

헌병대 막사는 바로 옆이었다.

그는 헌병에게 나를 넘겨주고 나갔다. 조금 전 나가노의 방에서도 뭔지 모를 살기가 감돌았는데 이 헌병대 막사 안은 역한 냄새가 코를 찔렀고 어둡고 우중충하며 살기 아닌

요기마저 감돌았다.

헌병 하나가 자기 앞으로 오라고 손짓했다.

"네 사건 담당할 사사끼(佐佐木)조장이 마침 출장중이니 여기서 기다려라."

그리고는 철창이 보이는 유치장으로 데리고 갔다. 결국 유치장에 갇히고 말았다.

유보된 자유일망정 숙소나 작업장에서는 그래도 울타리 속의 자유는 있었으나 여기 이 순간부터는 나에게 있어 유보된 자유마저 100% 통제 당하고 말았다.

앞으로 닥칠 일들을 생각하면 목이 타오르고 괴로웠다.

가슴과 몸이 사시나무 떨듯 떨리기 시작했다. 앞으로 닥칠 조사 때 할 말을 생각해 두는 것조차 머리에 떠오르지 않았다. 아무리 가슴을 가라앉히려고 노력해도 헛수고였다.

'호랑이에게 물려가도 정신만 똑바로 차리면 산다고 하지 않던가!'

나는 시간이 흐름에 따라 정신 통일을 하려고 안간힘을 썼다.

'어차피 맞을 매, 언젠가는 당할 운명, 차라리 옳고 바르게 살다가 죽자.'

마음을 도사려 먹고 조사에 당당하게 임하겠다는 작정을 하니 몸이 조금은 안정되는 듯했다.

'이런 말을 물으면 이렇게 대답하고 저런 말을 물을 땐 저렇게 대답하리라.'

하긴 사사끼도 우리 징용자의 숙소에 와서 여러 차례 군법에 관하여 이야기를 해준 적이 있어 혹시 나를 알지도 모른다.

'그가 나를 알아볼까? 어떻게 다루어 줄까?'

이런 저런 생각으로 밤이 이슥하도록 잠이 오지 않았다.

하긴 담요 한 장 깔 것도 없는 맨 마룻바닥이니 잠이 올 턱도 없었고, 마음마저 얼어붙은 밤이 자꾸만 깊어 가고 있었다.

물론 그 날 밤은 뜬눈으로 새우다시피 했다. 오직 갈증만이 새우잠을 자꾸만 깨우곤 했다.

갈증이 났다. 참을 수가 없었다.

보초 헌병에게 사정을 했다.

"목이 마릅니다. 물 한 컵만 주실 수 없겠습니까?"

"뭐라구 건방진 녀석 같으니라구. 여기가 뭐 네 집 안방인 줄 알아? 너는 국사범이야! 정신차렷! 목마르다고? 너는 군법회의에 가서 재판 받아야 돼, 이 짜식아!"

보초 헌병은 매몰차게 쏘아붙이고 있었다.

'국사범. 내가 국사범이라고!'

처음 듣는 말이다. 헌병대에 와서 이런 무서운 말도 듣게 되다니…….

국사범이란 나라의 정치상 질서를 문란하게 한 범죄로 정치범을 말하는 것이다.

목이 탄다. 다시 물을 달라고 애원했다.

물을 주지 않는다. 침을 삼키려 해도 침마저 말라 넘길 것이 없었다.

악몽의 하룻밤이 밝아 오고 있었다.

아침이 되었다.

밥보다 물이 간절하다.

아침도 아니고 점심도 아닌 어정쩡한 시간에 시꺼먼 잡곡밥이 나왔다. 국이란 것도 시래기 두 가닥이 고작. 국물을 마셔 목을 축였다. 하루 두 끼 식사란 이런 것이었다.

말로만 듣던 생지옥이 바로 여기인 듯 느껴졌다.

또 한 밤이 왔다. 또 아침이 왔다.

1944년 1월 7일.

내가 유치장에 갇힌 지 닷새가 되던 날이었다.

출장에서 돌아왔는지 오후 1시가 지나서야 사사끼가 유치장으로 나를 보러 왔다.

"요시야마, 이쪽으로 나와!"

나는 창살 쪽으로 나아갔다.

"너는 나를 알지?"

"네 압니다. 정신 훈화 시간에도 군법 시간에도 뵈어서 압니다."

"그동안 춥고 배고픔을 견디느라고 힘들었지? 출장 때문에 늦었다. 밤 7시에 다시 만나 이야기하자꾸나."

그리고는 유유히 사라지는 것이었다.

나는 이날 이때까지 이토록 점잖은 말투로 부드럽게 대해 주는 사람을 만난 일이 없었다.

오히려 이상스런 생각이 들었다.

마음이 놓이기는커녕 더 무서운 생각이 들었다.

'혹시나 전시이니 군사 재판도 없이 즉결처분, 사형시키는 것은 아닐까?'

국사범이나 정치범은 전시엔 현장에서 즉결처분할 수 있는 권한이 지휘자에게 주어진다고 군법 시간에 사사끼가 말했는데…….

나 같은 조센징 징용자 하나쯤 죽여도 뭐랄 사람 없을 테지…….

죽이기 직전이기에 그토록 부드러운 말을 쓸까!?

사사끼 그의 말투는 우리 숙소에 와서 이야기할 때도 그토록 부드럽고 조용할 수가 없었는데…….

천 갈래 만 갈래 공상이 머리 속을 맴돌고 있어 갈피를 잡을 수가 없었다.

천장을 쳐다본다. 생각하면 할수록 내 운명의 앞날이 막막하게만 느껴진다.

밖에서는 바람이 몹시도 불어댄다. '쌩— 쌩—!' 하는 세찬 바람 소리가 내 마음을 더욱 얼어붙게 만들고 있었다.

내일 아침엔 눈을 볼 수 있을 것만 같다.

그러나 아침에 내리는 눈은 이윽고 동편에 해가 올라오면 이내 스러지겠지 하는 생각이 예측 못할 내 운명 위에 덧씌워졌다.

밤이 깊어지자 그래도 잠을 청했다. 그러나 눈이 감기기는커녕 오히려 말똥말똥 맑아져만 가더니 부산서 떠나온 지난 날이 눈 앞에 선하게 떠오른다.

'3년 전 그 날도 오늘보다 더 매서운 바람이 불고 있었지…….'

창 틈으로 새어 들어온 한 떼의 바람이 상념에 젖은 나를 부산으로 끌어다 놓고 있었다.

어려웠던 출국

1941년 11월 20일 오후 3시.

이제 얼마 뒤면 우리들이 탄 배가 떠날 시간이다.

아침부터 잔뜩 꾸물대던 날씨도 오후에 들어서는 구름 사이로 해가 빼꼼히 얼굴을 내밀었다.

그래서인지, 햇볕의 입김 탓인지 겨울 날씨치고는 그런 대로 따사로웠다.

갑자기 창자가 한바탕 울어대면서 쪼르륵 소리가 길게 났다. 이 소리를 들으니 더욱 시장기가 온몸을 둘러싸고 요동을 쳤다.

그럴 수밖에 없는 것이 아침밥으로 건네진 것이라곤 차디찬 주먹밥 한 덩어리였고, 점심에도 주먹밥 한 덩어리를 된장 푼 국으로 넘기고 말았으니 창자를 나무랄 수도 없었다.

거기다 구멍이 숭숭 뚫려 하늘의 별을 셀 수 있는 지경에 한데 같은 창고 속에서 담요 한 장으로 간밤을 웅크리고 새우잠을 자고 난 탓으로 온 몸이 쑤시고 으스스한 기운이 감돌았다. 찬 날씨만큼이나 매서운 호루라기 소리에 번뜩 놀란 우리 350명은 부둣가로 모여들었다.

바람에 밀려 왔다가 가고 또 밀려 가곤 하는 저 파도 안 쪽으로 난생 처음으로 보는 집채덩이만한 큰 배가 닻을 길 게 내리고 있는 것이 보였다.

우리가 타고 갈 배였다.

이름을 기미가와마루(君川丸)라 했다.

이 배 높은 마스트에서는 이따금씩 하얀 바탕에 핏빛 같 은 둥근 원이 그려진 히노마루 일장기가 간간이 부는 바람 에 날려 조금씩 조금씩 펄럭이고 있었다.

각자 나름대로 꾸린 보자기를 하나씩 든 우리들은 한 줄 씩 나란히 서서 번호를 붙였다. 인원점검을 위해서였다.

350명 정원에 이상이 없었다.

이내 우리 350명은 사세호에 있는 「해군관할 시설대 본 부」에서 왔다는 일본도를 질질 끄는 매부리코의 인솔자 고 죠(伍長)에게 인계되었다.

그는 우리들을 몇 번인가 되풀이하여 기준을 바꿔 정렬 시키곤 했다.

"앉아!"

"일어서!"

"선 채로 번호!"

"번호 다시"

"앉아!"

"일어섯!"

"번호!"

정말 혼쭐나게 정신차릴 사이도 없이 주위댔다. 뿐더러 번호 부르면서 앉는 훈련을 수없이 시켜 정신을 빼놓다시피 하면서 조금 남은 혼마저 빼앗아가고 말았다.

시장기도 추운 것도 멀리 도망갔다.

이어 고죠는 우리들 20명씩을 1개 반으로 하여 임시로 반을 만들었다. 통솔하기 편하게 하기 위해서였다.

내가 든 것은 제3반이었다.

유난히 키가 큰 신형두(申炯斗)도 나와 한 반이 되었다. 그는 전라도 광주에서부터 쭈욱 같이 다녔다. 고향은 목포라 했다. 현재 집은 목포 시가지에서 다도해를 한눈에 내려다볼 수 있는 유달산 밑이라고 했다.

그는 나처럼 그동안 이 징용 보국대에 끌려오지 않으려고 온갖 고생을 하다가 끝내 붙잡혀 오고 말았다면서 드러내는 누런 이빨 두어 개가 저녁 노을을 받아 반짝이고 있었다.

나는 낮은 목소리로 한 마디 해주었다.

"쌍 한 방 놓고 토껴 버리지, 벵신같이 왜 달려 와!"

"누가 할 말인데, 그럼 자넨 왜 끌려 왔어?"

신형두도 질세라 비웃는 듯이 응대했다.

"그러고 보니 나도 뻥신이구나, 흐흐흐……."

우리들은 하도 어이가 없어 이렇게 웃어대고 말았다. 이런 기막힌 상황 아래서도 웃음이 나오는 속 좋은 바보들이라고나 할까?

이윽고 반 편성이 끝나자, 승선하라는 말이 저 앞쪽에서 울려 왔다. 호루라기를 연신 불어대는 고죠의 손목에 찬 시계를 얼른 보니 네 시가 지나고 있었다.

굴비 두름처럼 엮어지다시피 우리 350명 모두의 승선이 끝나자 배는 닻을 걸어올리고 '부웅—' 하며 기적을 한 차례 바다 위에 깔았다.

하얀 물보라가 뒤에서 일기 시작하는가 싶더니 배는 천천히 부산항을 미끄러지며 멀어져 가고 있었다.

약속이나 한 듯 우리들 모두는 하나같이 뱃가로 몰려들었다. 눈앞이 어질어질 현기증이 났다. 나는 쇠막대기를 잡고 자꾸만 멀어져 가는 부산항, 그리고 솟아 있는 영도다리를 돌아다보면서 이 땅 이 강산을 언제나 다시 밟아 보게 될지 모른다는 생각이 들었다.

자꾸만 눈물이 핑 돌아 시야를 흐리게 했다. 누군가 응답할 손길도 없는 부두에 대고 마구 손을 흔들어대기도 했다.

바람을 세차게 가르며 바다 가운데로 내닫는 배꼬리에서는 점점 물보라가 거세어지면서 그곳에 마지막 지는 해의 잔광을 받아 무지개를 그려댔다.

그리고 우리들의 슬픈 출국을 위로하는 듯 갈매기가 배

주위를 맴돌며 슬피 울어댔다. 뭔지 모르게 갈매기 신세도 우리들처럼 애잔하게 느껴지기도 했다.

바다 한 가운데 들어선 배에 가속도가 붙자 돛대인 마스트 위에서는 조금씩 펄럭이던 일장기가 이젠 힘을 얻었는지 '파르르 파르……' 찢어질 듯이 떨어대고 있었다.

원래 고조 일행의 사령부 사람들 계획대로라면 우리가 타고 갈 배가 나흘이나 늦게 부산항에 도착되어 오늘에야 떠나게 되는 것이었다.

앞으로 어떤 고생이 닥쳐올지 누구도 장담하지 못하나 지난 나흘간의 부산에서의 생활은 생각조차 하기 싫은 지옥 생활이었다.

외출이나 외박은 사치스러운 생각일 뿐이고 돼지처럼 별이 보이고 바람이 줄곧 문안으로 들이치는 창고 속에 갇혀 지냈으니 말해 무엇하랴!

밥이라고 끼니때마다 소금 뿌린 주먹밥 한 덩이씩이고 털마저 빠지고 찢어진 넝마 같은 담요 한 장으로 가마니때기 위에서 웅크리고 지내야만 했다.

외짝문 앞에 선 붉은 완장을 찬 일본 헌병은 승선할 때까지 한 사람이라도 도망칠까 싶어 우리들을 한 곳에 몰아넣고 대소변도 감시가 따라다녀 제대로 보지 못하게 해 우리들의 자유란 완전히 저당잡혀 있었다.

속된 말로 펌프가 고장나 잡혀 오기 전까지 지병으로 고생하던 사람은 자주 변소에 간다고 해서 몇 번 맞고 나서는 아예 옷 속에다 처리하고 말았는가 하면 더러는 입초 헌병의 건빵을 훔쳐 먹다가 치도곤을 당해 반병신이 되기도 했다.

'제발 내일은 어떻게 될지 모르지만 배 안이나 일터에서는 내 마음대로 움직일 수 있을 테니 이놈의 생지옥 창고 속보다는 나을 텐데 왜 배가 안 온다냐' 하고 마음 속으로 원망하기도 했다.

얼어붙은 마음 속에 이런 생각이 들면서 자꾸만 그래도 행복했던 지난날들이 생각났다.

잊혀질 수 없는 그 날. 1941년 11월 12일.

이 날은 사람 사냥에 도가 튼 일본 순사한테 잡혀 징용으로 끌려온 날이다.

이 무렵 우리 집의 집안꼴은 말이 아니었다.

아버지는 3·1독립운동이 일어났을 때 3·1운동에 가담하여 만세를 불렀다고 해서 우리 집 앞의 문전옥답 스무 마지기를 빼앗기자 살 길이 막막하여 인천으로 가서 배를 타고 상하이로 떠나 버리고 말았다. 땅을 빼앗기기 전만 해도 우리 집은 그런 대로 입에 풀칠은 제때마다 할 수 있었다.

아버지가 떠난 우리 집은 끼니 잇기가 어려워졌고 어느때부터인지 일본 순사 하나가 우리 집 식구들의 움직임을 감시하는 것 같았다. 식구라야 아버지가 없으니 어머니, 형, 그리고 여동생과 나, 네 사람뿐이었지만 순사가 이따금 와서는, '아버지에게서 편지나 연락 없었느냐?' 아니면 '있는 곳을 대라'고 윽박지르면서 위협하기도 했다.

그러나 우리 모두는 아버지 말대로 중국으로 간 것 밖에 모르고 있으니 이럴 때마다 한결같게 '돈 벌러 간다고 일본인가 중국으론가 간 것 밖에 모르고 편지 연락도 없어 답답해 죽겠소'라고 대답할 뿐이었다.

이렇게 치근덕거리는 일본 순사의 곤죠(根性) 때문에 내 머리 속에는 독립운동이라는 것이 무엇인지 관심을 갖게 되었다. 일본 순사가 아버지를 찾아내라고 지랄하는 회수가 차츰 많아지면서 일본 놈을 미워하는 마음의 뿌리는 더욱 깊게 박혀 가고만 있었다.

이즈음 나는 우리나라가 일본에 침략 당한 것이 이른바 한일합방 조약 때문이었다는 사실을 알게 되었다.

즉 구한국 융희 4년(1910년) 8월 22일에 조인되고 29일 공포된 한국과 일본과의 합방 조약은 한국 통치권의 양여 및 황족·귀족 등의 우우(후하게 하는 대우)를 골자로 한 8개조로 되어 있는 망국의 비통한 조약이었다.

특히 이 조약은 내각 총리대신 이완용과 일본 통감 데라우찌 마사다께(寺內正毅) 사이에 조인되었다는 것도 알게 되었다. 결국 나라 팔아먹은 매국노 이완용이 한국을 일본에 팔아 넘긴 것도 들어서 알고 있었다.

배는 여전히 잔잔히 바다 위를 미끄러지듯 나아간다. 때 아니게 '뚜우' 하고 우는 뱃고동 소리에 나는 나에게로 다시 돌아왔다.

그러니까 바로 3년 전.

어려운 집안이기에 열네 살의 앳된 소년으로 나는 돈 벌려고 중국 상하이로 갔다는 아버지의 주소 적힌 쪽지만 들고 찾아나섰다.

상하이를 가기 위하여 인천 부두에서 몰래 배에 올랐다가 선원에게 들켜 쫓겨나 다시 집으로 와서는 할아버지가 알선해 주신 광주 시내에 있는 일본 사람이 경영하는 일식 식당에서 일하고 있었다.

일본은 전쟁에 쫓기면서 한국의 젊은 사람들을 징병(학도병)으로 쓸어갔다. 또 노력동원이라는 명목으로 이 땅에 남은 젊은 사람들도 계속 노무자로 쓴다고 징용이라 하여 강제로 끌어갔다.

나도 징용으로 끌려왔다. 그때 나이 열 아홉.

나야 이들에게는 징용으로도 징병으로도 꼭 맞은 때였다.

국민 총동원령이라는 징용의 이 바람은 광주 시내의 일본인이 경영하는 이 식당에까지도 불어닥쳐 왔다.

그 날도 나는 식당에서 20원이란 월급을 받아 저금해 가면서 장가갈 꿈, 새 살림 꾸릴 꿈에 부풀어 있었는데 주재소 순사와 점심 먹으러 나온 징용 동원대의 눈에 띄어 붙잡히고 말았다.

쇠사슬로 묶여 사냥개꼴이 된 시무룩한 나에게 주방의 김영숙은 마치 자기가 끌려가기라도 하는 것처럼 한 쪽 벽에 기댄 채 눈시울이 붉게 충혈되어 있었다.

그도 그럴 것이 자그마치 햇수로 3년, 나보다 한 살 위인가 아래인가 똑바로 말하지 않아서 서로 깍듯이 오빠니 누나니 하며 나이 싸움도 했다. 그러면서 가까이 지내다가도 곧잘 싸우기도 하며 미운 정, 고운 정이 들 대로 든 사이였지만……

그런 영숙을 보니 내 마음도 아프지 않을 수가 없었다. 그동안 두 사람은 서로 장래를 약속한 것은 아니나 주인 일본 사람 밑에 조선 사람은 두 사람이었기에 서로 의지가 되고 힘이 되었던 것도 사실이다.

나는 그들에게 식당을 끌려나오다가 식당 주인인 이노우에(井上) 상에게 고개 숙여 목례를 하면서 인사를 했다.

"그 동안 감사했습니다. 잘 다녀오겠습니다."

이노우에 등 뒤에 서 있던 영숙도 우는 듯 고개를 숙이고 한 마디 말을 제대로 잇지 못하고 돌아서고 있었다.

"오빠, 잘 다녀와. 부디 꼭 살아서……"

이노우에는 의례적인 작별인사를 하고 들어갔다.

"국가를 위하여 가는 길이니 국가를 위해서 몸바쳐 훌륭히 일하고 끝마치고 돌아오기를 비네……. 무운장구하소."

그러나 처음이자 마지막이 될지도 모를 영숙의 '오빠'란 말이 내내 귓가를 맴돌고 있었다.

사실 나는 그동안 징용에 끌려가지 않으려고 할아버지의 소개로 순천(順天)에 있는 한약방으로, 다시 여수의 한약방으로 옮겨 다니다가 또 다시 고향 가까운 광주의 이 식당으로까지 흘러 들어오면서 숨어서 살다시피 했다. 그러나 숨는 것도 명이 다한 모양이다.

　이젠 꼼짝없이 끌려가게 된 팔자이니 따를 수밖에……,
발길을 머뭇거리다가 마지막으로 식당 주인 이노우에에게
나는 마지막이 될지 모르니 고향에 있는 어머님이나 만나
보고 가게 해달라고 부탁했다.

　이노우에와 동원부대 담당자 사이에 말이 잘 되어 사흘
간의 허락을 받고 고향 순창(淳昌)으로 달려올 수 있었다.

　단숨에 고향에 돌아온 나는 어머님은 물론이고 일가 친
척들을 만나 인사를 하는 둥 마는 둥 바쁜 하루를 보내고
이튿날 아침이 되었다. 막상 떠나려니 아침밥이 목으로 넘
어가지 않았다. 그래도 어머님이 괴로워하실까 봐서 억지
로 한 그릇을 먹고 사립문을 나섰다.

　"그저 몸 성히 잘 다녀오거라. 꼭 살아 돌아와야 한다!"

　어머님은 흐르는 눈물을 닦을 생각도 않고 계셨다.

　"예, 꼭 살아서 돌아오겠습니다. 어머님."

　내 어깨를 안은 채 놓으실 줄 모르는 어머님께 마지막 인
사를 하고 한 발 두 발 걸어 나오는데 어머님께서 한사코
마을 동구 밖까지 따라나오시는 것이었다. 아무래도 그대
로 여기서 작별할 수 없었던지 어머니는 말리는 내 손을
뿌리치며 기어이 따라나섰다. 아예 나와 같이 털털거리는
승합자동차에 타시는 것이었다.

　"너와 이대로 헤어질 수 없단다. 네가 떠날 때까지만이
라도 같이 있자꾸나."

　집결지인 광주까지 따라와 주실 심산이다.

나는 고생만 하신다고 말렸으나 막무가내셨다.

그 날 밤을 어머님과 함께 여관방에서 보내면서 내가 할 수 있는 효도를 모두 해드리고 싶었다. 말밖에는 할 수 없는 효도지만 뜬눈으로 밤을 지내고 나서 아침을 먹고 어머님을 모시고 사진관에 가서 기념촬영을 했다.

이 사진이 이 세상에서 내가 어머님께 해드리는 마지막 효도가 될지 모르는 것이다. 내가 설령 끌려가 죽는다 해도 이 사진만은 남겠지…….

사진 값은 3원이었다.

다시 또 한 밤을 여관에서 어머님과 함께 보냈다. 잠자리에 누워도 천만가지 생각으로 잠이 오지 않았다. 어머님 역시 한숨과 눈물로 뒤엉킨 밤이었으리라.

아침 8시, 집결지인 광주시청 앞 광장으로 갔다.

이곳에는, 전라도 여기 저기서 몰아온(?) 조선 청년들로 웅성대고 있었다.

사오십 명은 됨직하다.

잡혀 온 쪽제비 같은 몰골을 한 우리 사내놈들만 모여 있는 이곳으로 한 아가씨가 걸어오는 모습이 보였다.

'웬 여자, 무슨 일로…?' 하는 생각이 들면서 얼굴을 들고 보니 바로 엊그제 헤어진 영숙이 아닌가!

"오빠! 여기 계셨군요, 이걸 받으세요. 제 조그만 마음입니다. 성의예요."

영숙은 하얀 종이에 싼 보퉁이를 내미는 것이었다. 시장하면 먹으라고 빵 네 개가 싸여져 있었고, 자기 사진 한 장이 들어 있었다.

"고마워. 영숙이의 마음은 잘 알고 있는데……. 몸 성히
있으라고…… 가면 편지할게."

"꼭 살아서 돌아와야 해요. 부처님께 빌겠어요. 그리고
그것은 항상 몸에 지니고 다니시면서 저를 보는 것처럼 잊
지 마세요."

그녀의 눈물 속에서 애모의 빛이 이글이글 타오르고 있
음을 보았다.

나는 영숙을 두 손으로 안다시피 하면서 다독거려 주었
다.

"걱정 마. 살아서 돌아올게……."

그런데 처음부터 우리 사이를 보아 오던 다른 뭇 사내놈
들은 질투어린 육두문자를 내뱉으며 웅성거리고 있었다.

"어 ×팔, 누군 좋겠다. 애인이 와서 선물까지 주고 가
고……. 애인 없는 사람 서러워 살겠나, ×팔."

이것은 약과다.

"글쎄, 젊은 놈 ×꼴리게 기집애가 와서 꼬리를 흔들며
지랄하니 이것 ×꼴려 견딜 수가 있나!"

살찬 원색 표현도 서슴치 않는다.

사내놈들이란 별 수 없는 속물인 모양이다.

지금 끌려가는 곳이 어떤 곳인지, 말로만 듣는 광산일이
얼마나 힘들고 어려운 일인 줄 모르는 내일의, 아니 한 치
앞의 일도 모르는 주제에 치마만 두른 사람만 보면 원초적
본능대로 발동을 해댔다.

오늘 이곳에서 처음 만나는 판인데도 '×팔이네 ×꼴리네' 하고 주워댈 수 있음도 젊음의 탓이라고 좋게 말해 두고 싶어 나는 영숙을 더 이상 봉변당하지 않게 쫓아 버리다시피 돌려보냈다.

그 때 팔에 빨간 완장을 두른 군복쟁이가 나타났다.

호루라기를 불어댔다. 우리는 그의 손이 가리키는 대로 밀려갔다.

연이어 호루라기 소리가 나면서 손이 바쁘게 이곳 저곳으로 움직였다. 이쪽으로 저쪽으로 모이라는 신호였다.

우리들의 몸놀림도 차차 빨라졌다.

이른바 호루라기 소리에 놀아나는 허수아비 광대가 되어 명령에 살고 명령에 죽어야 하는 군인이 되어 가고 있었다. 우리 각자에게 군대 정신이 심어지기 시작했다.

수백 번의 '헤쳐 모여' 하는 구령 소리가 입 속에 박히면서 우리들의 뱀꼬리 같던 옆줄 맞추기도, 앞으로 나란히 서기도 얼빠진 탓인지 똑바로 잘해 나가지 못했다.

이런 것을 제식훈련이라고 했다. 군대 같은 집단의 기초 정신적, 육체적 교육이라 한다. 이런 제식훈련이 자고 나서도 또 사흘간이나 계속되었다.

저녁때만 되면 잡혀 온 우리들의 수는 불어 갔다.

"앞으로 갓! 뒤돌아 갓! 번호 붙여 뒤돌아 갓! 앉아! 일어섯!"

조금씩 나아져 가지만 그동안 제멋대로 자란 팔다리가 호령 소리대로 말을 들을 까닭이 없었다. 뿐더러 몇 사람씩은 일본 말도 제대로 알아듣지도 못하는 촌무지렁이로 구령 소리를 듣고도 딴 동작을 해서 앞뒷 사람과 부딪치기도 했다.

어느 촌놈은 그 말의 뜻을 알고 있었는지 '좃도마떼'란 말을 '좃도 맞대'라는 말로 알고 골머리를 끼고 자기의 성기를 꺼내 휘둘렀다는 웃지 못할 이야기도 들었으니 쉬운 것 같으면서도 어려운 것이 제식동작이다.

경례를 보자.

오른손을 수평으로 뻗쳐 45도로 굽혀 오른쪽 귓바퀴에 살짝 댄다. 이때 손바닥이 인사 받는 사람에게 보여서는 안 된다. 그렇다고 손등이 많이 보여서도 안 된다. 손끝 쪽이 45도인 채로 보여야 한다. 검지와 가운데 손가락 끝이 귓바퀴와 떨어져서는 안 되고…… 하는 등 원칙이 있다.

이런 까다로운 동작이 촌놈에게 쉽게 먹혀 들어갈 턱이 없다.

이럴 때마다 빨간 완장 고죠는 핏대를 올리며 욕설을 퍼붓는 것이었다.

"빠가야로, 고노 센진노 야쓰!(멍텅구리 조선놈아)"

그리고는 광장을 두 바퀴 돌라고 소리쳤다.

이런 힘든 훈련 탓인지 우리들의 몸놀림도 조금씩 길들여져 갔다.

사일 동안의 이 훈련이 끝나자 계산이 맞아떨어졌는지 그 날 밤으로 광주를 떠났다. 밤차를 타고 밤 내내 달려 새벽녘에야 부산역에 내려놓았다.

부산역, 이곳 광장이 최종 집결지인지 먼저 와 있는 부대도 눈에 띄었다.

누구 말대로 전국에서 긁어모아 온 사람들로 400명이 넘는다 했다. 우리처럼 고된 훈련에 걱정으로 핏기 잃은 지 오래 된 해골바가지 꼴들이었다.

그리고 우리들이 당분간 신세질 숙소는 부둣가에 있는 어둡고 습기 찬 화물 창고였다. 바닥엔 볏짚 가마니때기가 아무렇게나 깔려 있었다.

너나없이 자유를 저당잡힌 우리들 모두는 이젠 말도 웃음도 잃은 식물인간이나 다름없었다. 식물인간이 되어 가고 있었다.

좋게 말해서 촌닭 관청에 잡혀 온 꼴이 생각났다. 이러면서도 우리들은 시나브로 반 자동기계로 탈바꿈해 가고 있었다.

종이 울리면 식사시간이었다. 일본 본토도 조선 반도도 한결같이 무한정하고 태평양 속에 쏟아부어대는 군수물자(폭탄, 총알, 군수품) 덕으로 돈 바닥이 뻥뻥 뚫리고 공출로 모두 강제 헌납 당해 보리밥 잡곡밥조차도 배불리 먹기란 쉬운 일이 아니었다.

이나마도 조선 사람에게는 생각할 수 없었으니 여기 모인 이 사람들 역시 배불리 잘 먹고 잘 있었을 리 없었다. 여기서 주는 콩깻묵에 희멀건 국물만 마셨으니 텅 빈 뱃속은 채워지지 않아 허기진 채 가마니 위에서 담요 한 장으로 웅크리고 자야만 했다.

그나마도 밤이면 제대로 잠을 자게 하지 않았다.

몇 밤인가는 잠재우지 않고 야간에도 훈련을 시켰다. 성전 완수를 위해서는 이만한 고생쯤은 참아내야만 한다고 했다. 이런 제식훈련은 희멀건 산 송장들을 또 한 번 미치게 만들었다.

맞을 것도 두려워하지 않고 누군가 물었다.

"우리들은 언제 떠납니까? 왜 안 가는 거요?"

우리를 보살피는(?) 헌병은 간단히 대답했다.

"아직 너희들이 타고 갈 배가 안 왔다. 곧 올 것이다. 훈련이나 열심히 받아 둬."

이틀, 사흘이 지나면서는 누구의 입에서도 떠날 이야기는 나오지 않았다. 한결 같은 대답이기에…….

"제기랄 전쟁한다는 놈들이 우리를 싣고 갈 배 한 척도 없어! 어떻게 전쟁을 한단 말이야! 이러니 이놈의 전쟁 뻔할 뻔자구만."

누구의 입에선가 이런 푸념(?)도 새어 나왔다.

이 말 끝에 숨 죽여 두런대는 소리도 들려왔다.

"이러고도 미국, 영국과 같은 큰 나라들하고 싸워서 이기겠다니 한심한 노릇이구만, 미친 놈들이야, 일본은 곧 망할 거야. 내 손에다 불을 켜고 내기하자구. 틀림없이 망한다구!"

정말이지 나 역시 아무리 생각해도 말이 안 되는 것 같았다.

'어디를 간들 설마 가마니때기 위에서야 재우겠느냐?'

어디고 빨리 갔으면 하는 것이 우리 모두의 간절한 소망이었다.

이렇게 해서, 숨어 산 3년의 고생 못지 않게 배가 없어 출국 못하는 첫 출발부터 고생이었다.

영숙이 주고 간 빵 네 조각이 생각났다. 눈 깜짝할 사이에 먹어 치우고 잠자리에 들었다.

조센징인 까닭으로

배는 그동안 우리들 가슴 속에 쌓인 만단설화를 모르는 채 칠흑 같은 바다로 나아가 어둠 속에 빨려 들어가고만 있었다.

부산항을 벗어나 자잘한 섬들을 비켜 나온 지 한 시간이 될까 말까?

뒤돌아 보이는 부둣가의 불빛도 물보라로 희미해졌고 가까이 멀리서 떠 있는 섬들도 이젠 자취를 감춘 지 오래다.

다시는 못 볼 조선의 산과 들이란 생각을 씻을 길이 없다.

나와 광주에서 같이 온 몇이 갑판 위로 올라왔다.

순간 차가운 기운이 온몸을 덥석 끌어안았다.

하얀 줄이 든 세라복(sailor服)을 입은 한 수병이 경계근무를 서고 있다.

나는 그에게 다가가 서투른 일본말로 이 배는 얼마나 크냐고 물었다.

"이 배는 군함이다."

1만 2천 톤이 넘는다고 했다. 전쟁하기 전에는 이 배가 요코하마에서 하와이까지 다니던 여객선이었다. 그래서 그런지 배는 안이나 갑판이나 모두가 깨끗했다. 수세식 화장실에 오락실까지 있었다. 우리 몇은 이 큰 배의 이모저모를 살피면서 신기하다는 생각에 시간 가는 줄도 몰랐다.

갑자기 시장기가 몰려왔다. 하지만 그토록 시원찮은 밥도 아침까지 기다릴 수밖에……

참고 잠을 청해 보려 했다.

얼마쯤 지났을까?

머리 위에 달린 마이크에서 명령조의 거친 말이 새어나왔다.

"수고 많았다. 우리 배는 조금 뒤면 목적지인 '사세호' 군항에 입항하게 된다. 너희들은 자기 침구와 주변을 깨끗이 정리 정돈하고 하선 준비에 만전을 기하기 바란다. 지금 시간은 오후 10시. 1941년 11월 21일이 가까워 온다. 이상 끝."

우리 모두는 앞으로 펼쳐질 미지의 세계에 대한 호기심보다 우리에게 안겨질 알지 못하는 온갖 두려움에 모두들 초긴장하고 있었다.

서른 시간 넘게 배를 타고 온 셈이다.

배는 마침내 엔진을 서서히 죽이면서 사세호 군항 앞 바다에 닻을 내렸다.

해상의 날씨는 차가웠고 바람이 세차게 불고 있었다.

워낙 큰 배라서 독크에 대지 못한다고 했다. 해안에서 멀리밖에 댈 수 없다고 했다. 뿐더러 저 해안 쪽에서도 불빛이 새어 나감을 방지하는 등화관제 탓인지 부두 쪽도 시내 쪽도 어둠의 천지였다. 칠흑의 어둠 속이었다.

밀려오고 밀려가면서 뱃전을 두드리는 파도 소리만 들릴 뿐 질식할 듯 숨막히는 죽음의 도시같게만 느껴졌다.

이윽고 부두 쪽에서 작은 배들이 와서는 우리들을 항구 쪽으로 연신 실어 날랐다. 올라선 우리들은 부두 옆에 마련된 임시 숙사 앞에 모였다. 옮기기를 마친 우리들은 점호를 마치고 스무 명씩 조를 짜서는 숙사 안으로 들어갔다.

숙사 안으로 들어서니 배 속과는 분위기가 아예 달랐다. 배속에서는 자유란 저당잡히긴 했지만 그런대로 배 안을 오르내리건 앉건 눕건 괜찮았는데 한 마디로 말해 '살얼음판' 이었다.

서슬이 퍼런 빨간 완장, 파란 완장을 찬 군인들이 실내를 오가며 큰 소리로 으름장을 놓는 게 아닌가!

배고픔이고 고달픔이고 뭐고 간에 싹 가시면서 오직 두려움만이 머리 속에 가득했다.

내무반 번호, 잠자리 위치, 침구 정돈법을 수없이 되풀이하다 보니 벽에 걸린 시계가 두 시가 지나 하품을 해대고 있었다.

원래 몸이 약했던 나는 많은 시간의 훈련과 차가운 해풍에 지친 탓인지 온몸이 떨려 오면서 한기가 들었다.

하선한 지도 네 시간 지났으나 저녁밥으로 먹을 것을 줄 생각을 안 한다.

드디어 여기 소장인 하라끼겐조 소좌의 거드름 가득찬 목소리가 스피커에서 울려 나왔다.

"너희들의 입소를 진심으로 환영한다. 곧 식사가 나간다. 너무 늦어서 미안하다. 천황 폐하께 감사하는 마음으로 식사에 임하라. 이상!"

'뭐라고 천황 폐하에게 감사해야 한다구, 두 번만 감사했더라면 굶겨 죽이겠구나. 새끼들…!'

나는 마음 속으로 이렇게 뇌까리고 있었다.

마침내 기다리고 기다리던 밥이 나왔다.

밥이란 현미에 콩깻묵을 섞은 것이었다. 반찬으로는 이와시(정어리) 한 마리에 다꾸앙(단무지) 두 조각이었다.

부산에서 주먹밥을 받아먹었을 때에 비하면 그래도 진수성찬인 셈이다.

게눈 감추듯 단숨에 먹어치운 우리들은 더 먹었으면 하는 눈빛들이었다.

하긴 징용에 끌려온 몸, 자유를 저당잡힌 주제에 자고 싶은 잠, 먹고 싶은 것 마음대로 먹기는 아예 틀린 처지이지만 그래도 속 모르는 배때기에서는 자꾸만 하나 더를 부르고 있었으나 앞으로 닥칠 고생을 생각하니 목이 꽉 막혀

왔다.

진짜 고생은 이제부터가 아닌가.

이런 말뿐인 식사가 끝나자 임시 반장들을 선출하여 이름을 써 갖고 수위실로 모이라고 전달이 왔다. 그동안 보아서 서로 얼굴만 알고 있는 우리들은 키가 크고 힘있어 보이는 사람을 뽑았다.

우리 반에서는 광주에서 만난 신형두를 뽑았다. 수위실에 갔다 온 임시 반장들은 우리들에게 노동계약서 용지를 나누어주면서 써넣으라고 했다. 나는 몇 장을 대신 써 주었다. 모두 다 쓰기를 마치자 이젠 일석 점호가 시작되었다.

이어 하라끼겐조 소장의 훈시가 흘러 나왔다.

"여기 있는 사람은 일본 해군 하라끼겐조 소좌다. 이제부터 너희들은 일본 군인이나 다름없이 행동해야 한다. 만일 명령을 어기는 자가 있으면 군법에 의하여 처벌받는다. 개인 행동은 용서치 않는다. 무슨 일이든 제맘대로 하면 처벌받는다. 너희들은 여기서 일을 하면서 비상사태에 대비하여 군사훈련도 앞으로 두어달 받을 것이다. 개인 행동은 용서치 않는다. 무슨 일이든 완장 찬 기간병에게 물어서 하라. 나는 얼마 전부터 너희들 조센징(조선 사람)들은 혹독하게 다뤄야 한다고 들어 왔다. 너희 같은 미개한 조센징들에게는 빠따(방망이)가 약이야. 만약 도망가는 자가 생기면 그 반의 너희들 모두가 연대기합을 받게 된다. 그리고 기상 나팔 소리가 들리면 곧장 일어나 침구 정돈을 해 놓은 뒤 세면장으로 뛰어가서 세수를 하고 식당으로 가야 한다. 알았나! 이상."

말 끝마다 살찬 독이 묻은 가시가 덕지덕지 돋혀 있었다. 조센징을 지독하게 욕하는 개망나니 같은 놈이었다.

순간 나는 온몸이 부르르 떨려 왔다.

'뭐라구? 조센징은 혹독하게 다뤄야 한다구? 그리고 미개한 놈들에겐 빠따가 약이라구? 흥, 저 새끼가 뵈는 게 없나? 쌍놈의 새끼, 아가리에 똥을 퍼넣어 줄까부다.'

이불 속에서 활개치는 꼴이지만 마음 속으로 이렇게 뇌까려 보았다.

일본 놈들에게 나라를 뺏긴 것도 억울한 일인데 '한또징(半島人)이네 조센징이네' 하고 하등 국민 취급하면서 멸시하는 데는 두 주먹이 불끈 쥐어지는 것이었다. 마음 같아서는 금방이라도 달려가 하라끼 그놈을 실컷 패주고 싶었다.

그저 망국의 한에 목놓아 울고 싶었다.

이런 수모와 배고픔과 싸워 가며 이곳에서 첫날 밤을 보냈다.

전날부터 잔뜩 긴장한 탓인지 우리들은 온갖 생각으로 제대로 단잠을 자지 못했다. 그래도 그 이튿날 아침, 기상 나팔이 울려오자 용수철처럼 튕겨져 일어났다.

침구라고 해야 담요 석 장에 베개 하나로 가지런히 개어 정돈해 놓고 세면장으로 뛰어가 고양이 세수하듯이 얼굴에 물만 찍어 바르고 곧 식당으로 달려갔다.

식당에 들어가 메뉴를 보니 어젯밤과 같이 밥은 현미에 콩깻묵을 섞은 것이었고 반찬은 정어리 한 마리에 다꾸앙 두 조각이 모두였다.

우리들은 그래도 감사하다는 생각을 하며 몇 번 씹고 나니 바닥이 보였다. 다시 그 빈 그릇을 주방 쪽에 놓고 호루라기가 부르는 대로 훈련장으로 나가 정렬했다. 점호를 했다.

이어 해군 체조가 시작되었다. 이 해군 체조가 끝나고 나자 10분간의 휴식이 주어졌다. 다시 훈련으로 들어갔다.

"항상 긴장감을 갖고 살아라!"

완장 찬 기간병의 말처럼 조금도 느슨하게 마음을 풀어 놓을 수 없었다.

"이렇게 정신 없이 이것저것을 시켜 정신을 혼란시켜야만 딴 생각을 할 수 없다. 이것이 너희 같은 신참에게는 약이 된다."

훈련의 요체를 말하는 기간병의 말을 듣고 나니 앞으로 닥칠 고생문이 이만 저만이 아님을 알게 되었다.

나는 이런 고된 훈련을 받게 되자 천 번이나 만 번이나 내 발등을 찍고 싶었다.

'이런 고생보다는 훨씬 나았을 텐데…. 왜, 그때 다시 인천에서 중국으로 건너가는 배를 못 탔던가?'

나의 용기 없음이 그저 한스러울 뿐이었다.

'중국으로의 탈출에 성공하게 되었더라면 곧장 임시정부를 찾아가 아버지를 만날 수도 있었을 것인데…….'

아쉬움을 그냥 하늘에 새겨 두었다.

이런 지도도 그려보았다.

그 날 그때 광주의 그 식당 주인 이노우에가 보증을 서서 삼일간의 휴가(?)를 얻어 고향인 전북 순창에 가게 되었는데 고향에 가서는 어머님과 일가 친척들을 만나고 나서 집결장소로 가지 않고 그대로 도망쳤더라면 지금쯤 내 운명은 어떻게 변하고 있을까?

한낱 백일몽에 지나지 않지만 내 마음 속 한 구석에는 이것이 백일몽이 아니기를 빌고 싶었다. 그것은 이곳에 와 보고는 '어떻게 해서든지 도망가야지……' 하는 생각을 한 시도 버린 적이 없었다. 내가 찾아든 함정에 스스로 빠진 바보가 아닌가 하는 온갖 생각을 마음 속에 묻어 둔 채 하루가 가고 이틀이 가고 한 달이 가고 또 두 달이 가고 있었으나 틈 보아 도망치려는 생각은 더해만 갔다.

그 순간을 잡지 못하고 이런 악몽의 생활을 한 지도 6개월이 지나가고 있었다.

드디어 신병 훈련이 끝나는 날이 닥쳐왔다. 일하면서 받은 군사훈련이기에 다섯달도 넘게 받은 셈이다.

잊을 수 없는 그 날—.

1942년 4월 4일.

내일부터는 이젠 징용자가 해내야 할 일, 노무자로 일을 해야 할 때가 온 것이다.

졸업을 축하해 준다고 우리를 위로한답시고 연예회까지도 열어 주었다.

뒤에 안 일이지만 1941년 12월 8일에 미국의 진주만(하와이주)을 기습, 개전 이후 계속 승기를 잡아 일본 놈들은 그런대로 동남아시아, 샴, 말레이, 필리핀, 보르네오에 상륙, 국가 세력이 날로 늘어나 우리 조센징에게도 조금은 마음의 여유가 생겨 대우가 나아졌음인지 우리 신병들을 위해 축하 연예회까지도 열어 주었다.

그 자리에서는 우리 말 우리 노래도 조금은 용서(?)되었다.

우리들 모두 그동안 철조망 울타리 바깥 세상을 못 본 것만큼이나 우리 몸 속에 갇혀 있던 우리 노래 〈목포의 눈물〉에 〈홍도야 울지 마라〉만을 연거푸 목 터지게 불러대면서 서너 시간을 망향에 젖어 보기도 했다.

우리 사백 명 가운데 훈련하면서 배운 군가를 부르는 사람은 한 사람도 없었다.

정말, '조센징노 야스(조선놈 새끼!)'란 말을 오늘 이 순간이야 안 듣게 될지 모른다는 가느다란 마음만을 간직하면서 한숨, 눈물을 쏟아냈다. 오랫동안 생각 밖이었던 한 보조개 한 마리 없는 사내놈들끼리 북적대는 허울 좋은 위안의 밤은 깊어만 가고 있었다.

일본군의 발악

　한데, 그 해 1942년 말이 가까워 오면서 일본군의 남방에서의 승전 소식은 뚝 끊기고 말았다.

　그토록 영용무쌍한 신국의 황군(皇軍, 일본 천황의 군대)의 옥쇄(玉碎, 명예를 위하여 깨끗이 죽는 일)도 다이아다리, 즉 몸을 던져 상대편에게 세차게 부딪쳐 타격을 주고 죽어가는 가미가제 특공대의 충성심도 헛일로 끝나 붉은 피만 이 땅 저 땅의 산과 들에 흘리고 있었다.

　8월에 들면서는 '솔로몬 군도' 해전에서 일본 해군은 전멸당하여 일본 동경의 전투 지휘본부인 대본영의 기세가 꺾이면서 전전긍긍하기 시작한 일본 놈들의 발악은 날이 다르게 잔인해지기 시작했다. 이런 횡포·극악은 바로 조센징인 우리 앞으로 떨어졌다.

1931년 9월 18일.

일본은 그 동안 한국에서 20년을 넘게 힘을 키워오더니 마침내 '만주사변' 을 일으키기에 이르렀다.

즉, 일본 관동군 1만 명으로 30만 명의 중국군을 기습공격, 만주(지금의 중국 동북부)에 대한 침략전쟁을 말한다.

만주에는 러일전쟁의 결과로 일본이 획득한 특수 권익이 있었으나 중국의 국권 회복 운동이 거세게 일고 소련(현재 러시아)이 1928년부터 추진한 제1차 5개년 계획의 진척 등이 관동군을 자극하여 참모 이다가게세이시로 대좌 등이 중심이 되어 전만주를 점거할 계획을 모의하였다.

이들은 그 구실을 만들기 위해 봉천(奉天) 외곽 류조코에서 스스로 만철 선로를 폭파하고 이를 중국측 소행이라고 트집잡아 만철 연선에서 북만주로 일거에 군사 행동을 개시하였다.

일본군은 1932년 초까지 거의 만주 전역을 점령하고 같은 해 3월 1일에는 일본의 괴뢰 국가인 만주국의 성립을 선포하여 만주를 일본 침략 전쟁의 병참기지로 만들었다. 국제연맹은 중국측의 제소에 따라 '리튼 조사단' 을 파견하고 그 조사보고서를 채택, 일본군의 철수를 권고하였으나 일본은 이를 거부하고 1933년 3월 국제연맹을 탈퇴하였다.

이를 계기로 일본의 정국은 정당 내각에 종지부를 찍고 파시즘(Fascism) 독재적인 지배체제로 전환하였으며 이 침략 행위는 1937년의 중일전쟁과 1941년의 태평양전쟁,

제2차 세계대전으로 확대되었다.

어쨌든 일본은 이에 만족하지 않고 다시 욕심을 부려 온 세계를 전쟁의 소용돌이 속으로 몰아넣고 말았다.

1937년 7월 이래로 일본은 중일전쟁의 늪 속으로 깊이 빠져들었고 영국·미국과의 관계도 악화되어 가고 있었다.

1940년 5월 이래 독일이 네덜란드·프랑스를 항복시키고 영국 본토 상륙의 기미가 보이자, 일본은 1940년 9월에 독일·이탈리아와의 3국 동맹을 체결하였고 호기를 노려 남진의 방침으로 프랑스령 인도차이나 및 네덜란드령 인도차이나를 침공하였다.

1941년 6월 독·소전이 시작되자 일본에서는 재차북진론이 대두되어 대소전의 준비가 진행(관동군 특별훈련)되지만 중국 정부는 남진 방침을 결정하고 7월에 프랑스령 인도차이나 남부에 상륙하였다.

이것은 미·일 관계를 결정적으로 악화시켰다. 미국은 즉각 재미 일본 자산을 동결하였고 석유의 대일 금수를 실시하였다. 이 조치는 일본 군부의 대미개전론을 자극하였고, 10월 주전파인 도죠히데끼(東條英機) 내각이 들어섰다.

12월 8일. 일본은 진주만을 기습공격하였다. 이리하여 세계의 여러 국가들은 자국의 이익이 되는 쪽으로 가서 일체가 되었고 연합국(민주주의 진영) 대 추축국(파시즘 진영)이라는 기본적 대항 관계인 양대 세력으로 나뉘어 그

관계는 명료해졌다.

1942년 1월 1일. 미 · 영 · 중 · 소 등 26개국은 '연합국 선언'에 조인하였다.

한편 일본은 진주만 공격과 함께 말레이 반도 해역에서 영국의 신예 전함 2척을 격침하여 제해권을 얻었다.

또 개전과 동시에 육군은 말레이 반도, 필리핀에 상륙하여 1942년 2월 싱가포르를 점령하고 영국 극동군을 무조건 항복시켰다.

필리핀에서는 1942년 1~3월 마닐라를 위시하여 수마트라 섬 · 자바 섬을 점령하고 네덜란드군을 항복시켰다.

또한 원조 루트의 차단, 인도에 대한 대영 이간 공작 때문에 버마에 침입하여 랭군을 함락시켰다. 이리하여 남방 작전은 일단락을 보는 듯했다. 하지만 주전장인 중국 전선은 교착상태가 계속되었고 중국의 항전 태세는 강화되어만 갔다.

1942년 1월, 일본의 도죠 수상은 대동아공영권(大東亞共榮圈)의 건설 방침을 제시하였으나 원래 '남진' 목적의 하나는 전략 물자의 확보에 있었기 때문에 대동아공영권이란 유럽의 식민지 지배에 대체되는 새로운 일본의 식민지적 체제에 불과하였다.

일본의 침략과 가혹한 점령정책에 따라 동남아시아의 각지에서 반일 저항운동이 일어나고 이 저항을 통하여 아시아의 민족 해방운동은 비약적인 발전을 이루었다.

한편 히틀러는 1939년부터 1942년까지 정복한 유럽 제국을 그 인종론적 이데올로기에 따라 재편성하고자 하였다. 네덜란드와 노르웨이는 독일 국내 사정으로 민간 정부를 설치하였지만 언젠가는 대독일제국으로 편입할 예정이었다. 룩셈부르크·알사스 로렌·단치히 등은 대독일제국에 합병되었다.

폴란드와 러시아에서는 열등 인종으로 취급하던 슬라브계 주민이나 유대인을 강제로 대량 이주시킨 뒤 멸종시키고 이 자리에 독일인을 식민시킬 계획이었다.

점령 지역의 행정권은 히틀러의 친위대에게 위임되었다. 또한 히틀러의 국가비밀경찰(게슈타프)은 유대인 문제의 '최정적 해결'을 명령받고 독일의 지배가 미치는 모든 곳에서 유대인을 잡아들여 아우슈비츠·트레브링카 등의 가스실에서 420만 명 이상을 학살하였다.

군수 생산 강화에 따라 사각화 되는 노동력 부족을 해결하기 위하여 1942년 3월 노동 총감 자우게르는 독일 지배하의 유럽 전토에서 노동자의 강제 징용을 시작하여 적어도 750만 명이 독일의 공장으로 송출되었다.

이상의 몇 가지 예에서 볼 수 있는 나치의 점령지 지배에 대하여 민중들은 지하투쟁을 포함한 갖가지 형태로 저항하였다.

연합군의 반격은 동·서의 이러한 민중의 저항운동과 맞호응하면서 전개되었다.

태평양전쟁이 시작되었을 때 영·미 회담에서 먼저 독일타도에 전력을 다한다는 유럽 제1주의가 결정되지만 독일타도의 전략을 놓고 영국과 소련은 대립하였다.

소련이 유럽에서의 '제2전선'을 요구한 데 대하여 영국은 북아프리카 작전을 고집하였다. 지중해에서 중동·인도에 이르는 대영제국의 식민지 체제를 확보하고 추축국의 '부드러운 아랫배' 부터 공격하자는 것이었다.

패배를 거듭하던 이탈리아군을 원조하러 간 롬멜 장군의 기갑사단이 토브룩을 점령하고 카이로 약 100킬로미터까지 육박하였다.

1942년 10월 영국군은 반격을 시작하였고 이에 호응하여 영·미 연합군은 프랑스령 북아프리카에 상륙하였다.

독일·이탈리아군은 동서에서 협공을 받아 1943년 5월 북아프리카에서 완전히 소탕되었고 이어서 영·미 양국은 이탈리아 침공작전을 계획했다.

이와 같이 제2전선이 연기됨으로써 유럽 전선에서 독일군의 95%를 떠맡은 것은 소련이었다. 1942년 봄, 재개된 독일군의 공격은 남부전선에 중점을 두었고 1943년 말 스탈린그라드(볼거그라드)에서는 독·소 양군의 촌토를 다투는 전투가 전개되었다. 격전 결과 포위당했던 독일군은 1943년 1월말 항복하였는데 이 패배가 가져다 준 영향은 매우 컸다.

민중의 저항운동을 비롯하여 연합국 진영의 사기를 북돋울 뿐만 아니라 독일 군부내의 히틀러에 대한 불신이 커졌으며 이탈리아는 영·미측과의 강화를 획책하기 시작하였기 때문이다.

이리하여 독·소전은 히틀러에게는 그야말로 '사활의 투쟁'이 되었다.

히틀러는 총동원 체제를 취하였지만 1943년 여름의 총 공격에서 실패하였다.

이후 퇴세를 만회하지 못하였다. 1943년 7월 영·미군이 시칠리아 섬에 상륙하자 이탈리아는 국왕을 중심으로 하는 군부와 보수파가 무솔리니를 감금하고 7월 25일 바돌리오 내각을 성립하였다.

바돌리오는 즉각 영·미와 교섭을 개시하여 9월 3일 무조건 항복을 하였다. 항복은 9월 8일 발표되었고 남이탈리아로 피신하였던 국왕과 바돌리오 정부는 10월 13일 독일에게 선전포고를 하였다.

히틀러는 무솔리니를 구출하고 북이탈리아에 공화파시스트 정부를 수립하였다. 이탈리아에서의 전쟁은 1945년 5월 초까지 계속되지만 이 일종의 내란 상태에서 국왕과 보수파의 권위를 상실, 1946년 5월 왕제가 폐지되었다.

한편 1942년 태평양에서의 전국(戰局)은 전환되었다.

서전을 기습공격으로 성공한 일본은 제2단계 작전으로 미국과 호주를 차단하려 하였지만 1942년 5월의 산호해 해전, 특히 1942년 6월 미드웨이 해전에서 치명적인 타격을 받았다.

여기서 일본 기동함대의 주력이 상실되었고 태평양에서의 전략적 주도권은 미군이 장악하게 되었다. 1942년 8월 미군은 과달카날 섬에 상륙하였다. 격전 끝에 일본군은 패퇴하였다.

이후 미군의 반공은 격렬하여 뉴기니 · 솔로몬 군도 · 길버트 제도 · 마샬 군도로 향하여 전개되었다.

1943년 1월 카이로 선언에서 미 · 영 · 중은 전후 일본의 영토 처리 방침을 분명히 하였다.

1944년 3월 미얀마의 일본군은 임팔(Imphal) 작전으로 인도에 침입하려 하였으나 7월 대패하였다.

여기서 임팔(Imphal)은 인도 마니푸르 주의 수도로서 미얀마와 국경을 이루는 아리칸 산계의 마니푸로새로 골짜기 분지에 위치해 있으며, 부근에 호수가 많아 경치가 아름답다. 2차대전 말기 임팔에 육박한 일본군과 영국 · 인도 연합군과의 전투는 세계 전사에도 유명하다.

마리아나 제도에 육박한 미군도 7월 사이판 섬을 점령하고 일본 본토 공격의 기지를 얻었다. 태평양 방면 총사령관 맥아더는 필리핀 탈환을 위하여 10월 레이테섬에 상륙하였다.

일본 해군은 전력을 다하여 레이테만의 미 함대를 격멸시키려 하였으나 실패하였다.

중국 전선에서도 1943~44년 사이에 중대한 변화가 일어났다.

중국 공산당의 팔로군 · 신사군에 의하여 화북과 화중에 '해방구'가 만들어져서 일본군은 간신히 점(點 : 도시)과 선(線 : 철도)을 지배하는 데 지나지 않았다.

1943년 9월 7일의 이탈리아 항복 후의 1943년 11월

영 · 미 · 소는 제2전선의 실시에 의견이 일치하였다. 1944년 6월 6일 영 · 미 연합군은 북프랑스의 노르망디에 상륙하였다.

영 · 미군의 진격과 함께 프랑스의 저항운동도 활발하여져 8월에는 파리 시민이 봉기하여 파리를 해방하였다.

독일에서도 국부를 중심으로 하는 보수파가 7월 20일 반 히틀러 쿠데타(암살사건)를 시도하였으나 미수로 그쳐 실패로 끝났다.

미 · 영군에 호응하여 소련군의 진격도 활발하여 1944년 가을에는 소련 전토를 해방하였다.

이러한 소련군의 진격과 이에 호응하는 지하 저항권의 격화를 앞에 두고 동유럽의 추축제국은 동요하여 잇달아 대독 참전으로 방향을 전환하였다.

1944년 9월 먼저 루마니아가 항복하였다.

소련군이 육박하자 국왕과 군부는 인민민주주의 블록에 협력하고 쿠데타를 일으켜 항복하였다.

불가리아는 영 · 미에 선전하고 소련에는 형식상 선전하지는 않았으나 소련이 1944년 9월 선전하자 조국 전선은 임시정부를 수립하고 10월에 독일에게 선전하였다. 이어 소련군은 유고슬라비아에 들어 왔지만, 이곳에서는 일찍이 1942년에 결성된 인민해방군이 있어 만만치 않았다. 인민해방군은 1944년 10월 베오그라드를 해방하였고 거의 자력으로 독일군을 전토에서 일소하였다. 이어서 소련군은 헝가리를 향했다.

공산당 등의 헝가리 전선은 소련군의 협력으로 임시정부를 수립하고 독일은 1945년 1월 선전하였다. 소련군은 1945년 2월 헝가리의 수도 부다페스트를 함락시킨 소련군의 진격과 함께 동유럽 제국에는 저항운동을 기초로 하는 새로운 정권이 탄생하기 시작하였다.

이미 1944년 10월 스탈린과 처칠은 루마니아 · 불가리아 · 헝가리에는 소련의, 그리스에는 영국의 주둔군을 주재시키기로 합의하였다.

유고슬라비아에서는 영 · 소 대등으로 되어 함께 티토정권을 인정했다. 그러나 폴란드에서는 분규가 생겼다. 저항운동과 밀접한 관계에 있던 런던 망명정부는 반소적이라고 하여 소련은 이와 단교하고 1944년 7월 루블린에 임시정부를 수립했다.

1944년 8월 런던 망명정부는 무력봉기에 의한 바르샤바 해방을 시도하였으나 눈앞에 다가온 소련군의 원조는 못 받고 독일군에게 진압되었다.

1945년 1월 소련군이 바르샤바에 입성하고 폴란드의 두 정권의 통일과 국경에 관하여서는 1945년 2월 얄타회담에서 일단 해결을 보았다. 또한 이 회담에서는 독일 처리 문제가 검토되었으며 소련의 대일 참전도 결정되었다.

히틀러는 1944년 12월 서부 전선 아르덴에서 일대 반격을 시도하지만 이미 퇴세를 만회하지는 못하였다.

1945년 2월 소련군은 오데르강, 4월 나이세강에 도달했다. 영 · 미군은 1945년 2월 공격을 재개하여 3월 쾰른을 점령하고 라인강을 건너 4월 25일 엘베강의 토르고에서 소련군과 조우하였으며, 이날 소련군은 베를린에 돌입하였다. 열강들의 배반, 이합집산에 실망한 히틀러는 4월 30일 자살하였다.

후계자로 임명된 데니츠는 군대와 민간인을 가능한 한, 영·미 점령지구로 옮기면서 5월 7일 연합군에게 무조건 항복하여 다음날 항복이 정식 조인되었다.

5월 23일 데니프 정부의 전원이 제거되고 제3국은 명실공히 소멸되었다.

이탈리아 전선의 독·미군이 4월 29일 항복하면서 무솔리니는 4월 28일 밀라노 근교에서 살해되어 유럽에서의 전쟁은 끝났다.

1944년 11월 이래 미군 폭격기 B29에 의한 일본 본토 공습은 격화되었다.

1945년 2월 미군은 마닐라를 탈환하고 이오섬에 상륙했다. 4월에는 오키나와 본섬에 상륙, 3개월이나 걸린 오키나와 전에서는 전도민이 동원되어 닥쳐올 본토결전의 비참한 양상을 암시하였다.

7월 26일 연합국은 '포츠담 선언'에서 대일 처리 방침을 명시함과 아울러 무조건 항복을 요구하였다. 일본이 이를 묵살하자 미국은 8월 6일 히로시마에 9일에는 나가사키에 원자폭탄을 투하하였고 소련은 이날 대일전에 참전하여 만주에서 일제히 공격을 개시하였다. 이에 이르러 일본 군부는 항복을 결의하고 9일 밤 포츠담 선언 수락을 결정하였다. 하지만 국체수호를 둘러싸고 의견이 일치되지 않아 14일 가까스로 수락을 통고하고 15일 일본의 천황은 이것을 국민에게 방송하였다.

9월 미국 전함 미조리호 함상에서 일본 문서가 조인되면서 제2차 세계대전의 대단원은 막을 내리고 말았다.

이런 결과를 가져올 줄도 모르고 일본은 한 마디로 하룻강아지 범 무서운 줄 모르고 날뛰었다.

"우리나라 일본은 신(神)이 보호해 주는 나라다. 전쟁을 하면 언제나 이긴다. 만주사변에서, 중일전쟁에서, 일로전쟁에서도 이겼다. 일본 천황은 신의 아들이다. 신의 아들이 다스리는 나라는 결코 망하지 않는다."

큰 소리치면서 좌충우돌을 일삼았다.

그리고 조선 반도에서는 황국 신민의 맹세와 일본 본토 사람이나 조선 반도 사람이나 다 같은 시조신 아마데라스 오오미가미(天照大神 ; 일본 신화에 나오는 해의 여신의 아들)라 해서 내선일체를 내세워 말도 일본어로만 쓰라고 하고 이름까지도 바꾸라고 하는 등 조선 사람의 정신 말살 정책을 쓰기도 했다.

그 좋은 예로 일본어를 '국어'로 정했으며 우리말을 조선어라고 하여 일본 국어책을 국어 독본이네 하고 우리 글은 언문(諺文)이네 하여 천시하였다.

여기에 반발하고 나선 한글학자들의 모임인 조선어학회(한글학회 전신)를 학술 단체를 가장한 민족주의 비밀 결사조직으로 몰아 1942년 10월부터 수차에 걸쳐 어학회 간부 및 관련자 33인을 검거 모두 감옥에 가두어 고문(이윤재·한징 두 분은 옥사함)하는 등 온갖 탄압을 가하였다.

이뿐이랴!

창씨개명이라 하여 조상 대대로 내려온 성(姓)과 이름을, 일본 성씨로 이름도 일본 이름으로 바꾸도록 강요했다. 이에 힘입은 친일 아첨배들은 얼씨구나 좋다 하고 앞장서서 집이 산 가운데 있다고 해서 야마다(山田), 밭 가운데 있다고 해서 다나까(田中), 우물 아래쪽에 있다고 해서 이노시다(井下) 등으로 창씨개명을 했다. 하지만 뜻 있는 우국지사나 양반, 대갓집에서는 창씨도 개명도 하지 않으려고 자살 소동이 벌어지는 등 심지어 옥살이까지 하기도 했다.

그런가 하면 우리의 아들 딸이 천황의 부르심을 기꺼이 받아야 한다고 떠들어대면서 학병, 징병에서 한술 더 떠서 '반도출신 지원병'이라는 허울 좋은 미명을 내세워 놈들의 전쟁에 총알받이로 끌어갔으며 근로보국대라는 이름으로 우리 같은 청년들을 징용으로 끌어다 군수 물자 공장의 산업 노동자로 내몰아댔다. 즉 오사카의 공장지대에, 북해도의 탄광지대로, 요코스카의 해군기지로, 센다이의 비행장 건설로 쓸어 넣고 있었다.

더욱 기막힌 일은 전쟁의 탄혼은 사라진 지 반 세기가 지난 오늘날까지도 미해결의 장으로 남아 있는 정신대 이야기는 두고 두고 잊을 수 없는 민족의 통한이다.

열 다섯, 열 여덟 살의 아가씨들이 천황을 위하여 목숨을 걸고 싸우는 군인들에게 심적 위안을 주기 위하여 허울 좋은 말로 시중을 들게 하는 것뿐이라는 단서 아래 강제로 뽑아 갔다.

그것도 1935년에서 1945년 사이에 60여만 명의 조선 사람을 끌어갔다고 말들을 한다. 징병으로 21만 명, 군 위안부인 정신대로 20만 명이었다.

'여자 정신대 근무령'이 발동된 것은 징병이네 학병이네 하는 강제 동원보다는 조금 뒤의 일이지만 일본의 서전에서의 연전 연승의 욱일승천하던 전세가 여기 저기서 몰리던 때인 임팔작전 퇴각(1944. 7. 4), 사이판 전멸(7. 6), 도조 내각 사퇴(7. 18), 미군 레이테 섬 상륙(10. 19)에 일본 본토의 B29 공습이 심해지던 1944년 8월부터 이렇게 전장마다 전멸당하자 일본군의 사기가 땅에 떨어졌다. 이에 사기 진작을 위한답시고 우리 조선 반도에서는 사람, 여자 사냥이 시작되었다.

애밴 여자건, 밭을 매고 있건, 밥을 짓고 있건, 길을 걷고 있건 일본 놈들의 눈에 띄는 치마만 두른 조선 여자면 트럭에 싣고 날랐다.

징병 21만 명에 20만 명의 선량한 우리나라의 젊은 남녀가 전쟁의 희생물로 바쳐졌다.

1932년 3월과 1937년 12월의 상해 파견군, 1941년 태평양전쟁 발발에 앞서 만주 일대에서 우리 한국 독립을 위해 독립운동을 하던 광복군을 공격하던 관동군에게도 7월 들어서는 군 위안소가 '군 위안소 설치와 모집에 관한 건' 등으로 후한 월급을 준다고 해서 못 먹고 헐벗은 우리 한국 사람을 감언이설로 꾀여 갔던 것이다. 눈을 좀 더 가까이 대고 당시(1941. 11. 이후) 조선의 사정을 들여다보자.

아침 일찍 천황인 신(神)이 계신다는 동쪽에다 대고 두 손 모아 인사하는 '도호요하이'(東方遙拜)도 일본 역대 수호신이 잠들었다는 '진자삼바이'(神社參拜)도 '나이센잇따이(內鮮一體)'도 정신 통일, 국민 총 단합을 위한 정신 무장으로 시켜도 좋다고 해 두자.

일본이 중국 대륙 쪽으로 구라파 쪽으로도 나가 일본 사람 세상을 만들려던 계획 앞에 걸리적거리는 미·영을 비롯한 모든 적들을 초전박살로 해치우려던 세계 제패의 야욕이 어긋나 인적 물적 자원이 풍부한 미·영을 상대로 싸우려드니 사람도 모자랐고 각종 군수품도 모자랐다.

이래서 인적 보충은 학도병, 징병, 징용으로, 정신대로 어느 만큼은 확보했으나 물자조달은 쉽지 않았다.

우리 조상 대대로 물려받은 가보나 다름없는 놋쇠 대야, 밥그릇들에 솥까지도 공출이라는 명목으로 강제로 빼앗아 가져갔다. 비행기, 배, 포탄, 대포를 만든다고 싹쓸이해 갔다.

웃지 못할 이야기로는, 군함이나 비행기나 자동차에 쓰일 기름(휘발유)을, 공이 달라붙어 있는 관솔이나 송진을 따다가 솔기름을 짜내게 해서 거두어 갔으며 말에게 먹일

사료로 쓰기 위해 초등학교 어린이들의 고사리 손을 동원하여 풀을 베어 말린 건초까지도 거두어 갔으니 이러고도 전쟁을 계속할 수 있을지 의심스럽기만 했다.

어디 이뿐인가?

소위 증산보국(增産報國)이라는 이름 아래 쌀을 모두 거두어 갔다. 그리고 그 대신 만주에서 쓸어모아 온 강냉이를 그것도 배급제로 나누어주었다.

이런 기막힌 상황을 판단한 일부 지식층이나 뜻 있는 인사들은 하나같이 일본은 곧 망하게 될 것이라고 수군대기도 했다.

이래서 나와 같이 여기까지 끌려온 사람들은 그동안 어떻게 해서든 이른바 보국대라는 이름으로 개죽음을 당하지 않으려고 숨어살면서 고생해 왔음도 사실이었다.

하긴 나 역시 숨어서 살 수만은 없고 벌어야 호밀이라도 입에 풀칠을 할 수 있으리라 하는 생각과 한약방보다는 일본 놈이 경영하는 식당에서 일했지만 요행수는 통하지 않아 잡혀 끌려오지 않았던가!

생각해 본들 이제 이미 엎질러진 물이었다. 엎질러진 물을 쓸어 담을 방법은 없었다.

보국대가 되건 정신대가 되건 공출로 먹을 쌀을 빼앗아 가고 송진을 따라고 발광하는 놈들의 발악은 전세가 퇴세로 몰리면서 단말마의 발악은 극에서 극으로 치닫고 있었다.

품삯 4원 50전

1942년 5월 4일.

우리가 처음으로 투입된 곳은 오무라시 해군 항공창(航空廠) 확장 공사장이었다.

보국충성을 위한 노력동원으로 우리들 300여 명과 일본 사람 노동자 400명으로 편성된 대부대였다.

이곳의 첫날 밤은 규율이 엄격하다는 엄포로부터 시작되었다.

한 사람이 잘못하면 그 반원 모두가 연대책임을 지고 단체기합을 받아야만 한다고 엄포가 대단했다.

그 다음날이던가. 누군가 창내에서 정리 작업을 하다가 급했던지 멀리 떨어진 숙사 옆의 변소까지 가지 못하고 그 가까이서 일을 보고 말았다.

공교롭게도 이때 마침 그곳을 지나던 현장의 십장격인 경무놈의 눈에 띄었다. 당장 전원집합의 소리가 현장 내에 울려 퍼졌다.

"누가 숙사 옆에 똥을 쌌느냐? 앞으로 나와라!"

"……."

허겁지겁 모인 우리들은 아무도 나서지 않았다.

"조센징, 너희놈 가운데 있겠지, 빨리 나오지 못할까!"

그놈의 서슬이 무서워 누구도 선뜻 나서지 않자, 놈은 화가 치미는지 제 말이 무시당한 듯해서인지 씩씩거리며 다시 소리쳤다.

"헤쳐서 두 줄로 다시 섯!"

우리들은 두 줄로 섰다.

"서로 마주보고 섯!"

보나마나 들으나마나 서로 앞사람의 뺨때리기 벌이다.

안 나오면 나올 때까지 우리는 때리고 맞고 해야만 했다.

놈은 처음엔 서로 열 대씩 때리라고 하더니 다음엔 스무 대, 그리고는 서른 대로 올라만 갔다. 우리는 경무놈의 눈치를 보며 요령껏 서로 아껴 때렸다.

한참 이 작업(?)을 시키더니 할 수 없었는지 현장으로 돌아가라고 했다.

우리들은 벌겋게 성난 볼을 만지며 돌아왔다. 생후 처음으로 많은 몰매를 맞은 셈이다.

여기서 우리가 할 일이란 이곳 오무라시 해변가에 있는 기존의 항공창, 즉 비행기를 제작하는 해군 소속 공장의 확장 공사였다. 다시 말하면 이 군수공장을 확장해서 건설하려면 먼저 주위의 산을 깎아 뭉개어 평지를 만드는 작업을 해야 한다. 지금처럼 온갖 중장비가 있어 하루나 이틀 사이에 항공로나 주기장을 만드는 것은 아니다.

온종일 삽과 곡괭이질이었다. 그리고 파낸 흙을 도루꼬(소형 화물차인데 레일 위에 놓고 짐을 싣고 사람이 뒤에서 밀기도 하고, 허리를 굽혔다 폈다 하면서 톱니바퀴를 돌려 앞으로도 뒤로도 오가게 한다)에 실어 밀고 가서 부리는, 극히 원시적이며 능률 안 오르고 힘만 축내는 작업이었다.

여기 오기 전에 여기 저기서 숨어서 들은 말대로라면 미국·영국 같은 나라는 큰 부자나라라 하는데 어떻게 이런 나라와 싸워 보겠다는 배짱인지 알 수 없어! 이래가지고도 다 같이 잘 살겠다는 입발림 '대동아 공영권'의 밝은 내일을 바라보는 전쟁을 한단 말인가!

그저 한심스런 생각뿐이었다.

그래도 만세일계(萬世一系)의 천황 폐하를 위하여 '직쇼, 베이에이기지꾸 게끼메쓰(米英鬼畜 擊滅)'의 성전을 한다고 나팔 불고 있었다.

그리곤 우리 조선 사람에게는 걸핏하면 '조센징노 구세니… (조선놈인 주제에…)' 하고 온갖 민족 차별을 앞에 내세우고 욕설을 밥먹듯 했다. 흙파기, 나르기 작업은 계속 이어져 손바닥만큼씩 산허리는 잘리어져 가면서 땅 모양이 갖추어져 갔고……

이래도 저래도 시간은 흘러만 갔다.

이런 짐승 취급을 받으면서 하는 힘든 개미 역사도 진충보국으로 이어져 어느덧 10개월이 지나가고 있었다.

1943년을 맞고 한 달이 넘어선가 우리에게 이동 명령이 떨어졌다.

3월 10일경이라고 기억된다.

따스한 봄볕 소리가 한숨으로 물든 이 땅의 들에 피어나는 꽃들의 속삭임 속에서 들려 오고 있었다.

우리가 다시 옮겨 간 곳은 '하이노사끼'였다.

이곳은 사세호 같은 해변가였는데 큰 배가 접안 입항 하역작업을 할 수 있도록 크고 튼튼하게 부두를 새로 만들어야 한다는 것이었다.

거친 암벽이며 단단한 암반으로 되어 있어 땅 파기 작업은 쉽지 않게 보였다. 이처럼 난공사 지역에 일본 노무자들은 모두 빼내 가고 우리들만 이곳의 공사장에 투입되었던 것이다.

예상한 대로 이 부두 확장, 보강 작업은 오무라 공사장 때보다 갑절이나 힘들었고 오무라에서보다 밥의 양이 줄어들고 국은 시래기에 된장을 푼 것이 고작이었다.

누군가 이건 전세가 안 좋아 보급을 제대로 하지 못하는 탓이라고 저희들 일본 감독끼리 수군대는 소리를 들었다고 말했다.

오무라에서처럼 일은 중장비가 없어 중장비가 해낼 몫까

지 사람이 해내야 할 판이니 힘은 들대로 들면서도 성과는 안 올랐다. 사정이 그런데도 게으름을 피우는 탓이라고 들 볶아대면서 채찍질을 해댔다.

"조센징노 야쓰! (조선놈들 새끼!)"

"빠가야로 고노 조센징! (멍충이 바보, 이 조선놈아!)"

민족을 차별하는 비열한 언행과 학대, 이것이 심적 고통이라면 죽도록 어렵고 힘든 일을 시켜놓고서 주는 것은 불면 날라갈 만큼 적은 양의 밥, 배고픔 역시 또 하나의 육체적인 고통이었다.

이런 판국에 천우신조라고 할까? 우리들이 합숙하고 있는 돼지우리 같은 숙사 옆에 요시가와(吉川)라는 창씨개명한 교포 한 사람이 살고 있음을 알게 되었다.

이 사실은 우리 징용자 모두에게 기쁜 소식이었다.

요시가와 씨는 한참 세월 좋다는 5년 전에 돈(임금) 잘 나오고 배불리 먹여준다는 공사판만을 찾아다니며 막노동하다가 이곳에 와서 정착, 한국 여자와 함께 밥장사를 하고 있었다.

우리들은 취침 나팔 소리를 듣고 잠자는 척하다간 살쾡이가 되어 울타리를 넘어가 밥이나 술을 사 먹으면서 시국 소식이나 고국 소리도 들을 수 있었다. 정말 이런 경우를 두고 다행이라고 하는지 모른다. 우리들은 밤이 돌아오기만을 기다리는 기쁨으로 나날을 보내고 있었다.

지금도 문득 그 때 그 일이 생각나면 그토록 행복(?)할 수 없다는 생각이 들곤 한다.

배불리 먹는 행복, 그것이 비록 하얀 쌀밥은 아닐지라
도…….

술도 마시며 거나하게 취기가 오르면 가벼이 〈아리랑〉도
부를 수 있는 행복—.

이방 지대인 일본 땅에서라도 우리 말을 서로 주고 받을
수 있어 순간이나마 내 고향에 온 듯한 착각이 드는 행
복—.

특히 숨가쁘게 돌아가는 남방의 전쟁 소식도 한두 마디
듣게 되고, 전쟁이 끝나면 내 고향에 갈 수 있다는 희망을
안겨주어 예측키 어려운 우리의 운명에 희망의 등불이 되
어 주었기에 고마움은 더해만 갔다.

물론 재수 없이 울타리 넘다가 들키면 군기 문란으로 군
법에 나아가 재판을 받아야 했지만……. 궁둥이가 치도곤
을 당하건 재판을 받건 배고픔보다는 훨씬 낫기에 울타리
를 넘는 사람은 날이 갈수록 늘어만 갔다.

사실, 어떤 고통보다도 배고픔의 고통은 참을 수 없었다.

아무튼 군대는 요령을 본분으로 해야 한다는 말처럼 울
타리 넘는 요령만이 아니고 작업장에서건 내무반에서건
요령이 생겨났으니 이곳을 떠날 때까지 들키지 않고 울타
리 넘는 곡예를 계속할 수 있었다. 낮의 지겨움이나 괴로
움도 밤에 요시가와 씨 집에서의 포식으로 살찌우다 보니
번쩍 하는 사이 대여섯 달이 홀쩍 흘러갔다.

부두 공사도 그럭저럭 마무리가 될 무렵인 1943년 8월

20일 경이었다.

이동명령이 떨어졌다.

다시 오무라 쪽으로 간다고 했다.

우리 징용자들은 계약만기가 된 2년을 지나고 나면 해제되어 저당잡힌 자유를 찾아 고향집으로 돌아가게 되리라 믿고 그 날만 기다리고 있었다.

그런데 일장춘몽. 어느 날 갑자기 계약기간 연장이라는 명령이 전달되었다. 전쟁 중이라 연장한다는 것이다.

이건 정말 밝은 날에 떨어진 청천벽력과도 같은 날벼락이었다.

순간, 우리 모두 한숨만 쉬고 넋을 잃고 말았다.

이러는 판세에 나서서 일본놈과 따지러 나서는 사람은 아무도 없었다. 나 역시 따지러 나설 만큼 용기도 없었지만……

목 매인 송아지가 버르적거려 보았자 도망갈 수도 없는 법. 이런 우리들의 술렁거림에 놈들은 월급이란 미끼로 가라앉히려고 작전을 썼다. 임금을 주었다. 받아 보니 가벼웠다.

이것저것 다 떼고 4원 50전—.

당시 쌀 한 말에 1원을 했다.

나는 다시 세어 보았다.

이 돈이 민족 차별의 설움을 안고 2년 넘게 일해 온 대가로 4말 5되의 많은(?) 양의 쌀값이었다.

끌려와 서른 몇 달을 보내면서 처음으로 받아 보는 몫돈이었다. 큰 돈을 감사히 받고 조용히 우리는 소처럼 일을 할 수밖에 달리 뾰족한 수가 없었다. 운명의 신이 이끄는 대로……

전황은 심상치 않은 눈치다.

1942년 2월 들어서는 과달카날섬이 미·영의 목표가 되었다.

1차, 2차, 3차 공세에도 함락 안 되고 소모전으로 바뀌어 지구전으로 변해 갔다. 76시간이라는 혈투는 죽음을 미국과 일본 두 나라에게 평등하게 안겨 주었다. 두 나라 병사가 잠든 땅 넓이는 같았으니 말이다.

사실 일본이 만용을 부린 덕으로 처음에는 진주만에서 전함 '웨스트버지니아'와 '테네시'호를 때려부쉈고, 마닐라, 싱가포르, 자바 섬을 손안에 어렵지 않게 넣을 수 있었으나 뉴기니아의 90일간의 혈투(1942)도 그렇지만 4월 18일에는 하늘이 내주었다는 영웅 야마모또 이소로꾸(山本五十六) 연합함대 사령관이 솔로몬 방면 작전 진두지휘차 비행중 미공군기의 공격을 받아 피폭 당했다고 해서 일본 본토는 울음바다가 되었다.

이런 날벼락 비보는 일본군이 싸우는 모든 전선으로, 국내외로도 퍼져 나가 신국의 대패를 모르는 황군이라고 자처하던 놈들에게 전의를 잃게 했다.

폭동

우리들이 오무라로 다시 돌아온 것은 1943년 10월 6일
이었다.

먼저번처럼 여기서 할 일이란 역시 비행장 확장 공사와
부두의 확장 공사였다.

'하노이사끼'에서는 요시가와란 교포 아저씨 덕분으로
그런대로 배고픔을 모르고 지내왔으나 오무라의 모든 사
정은 2년 전 그 때나 조금도 다름없었다. 급식도 숙사도
한 마디로 엉망이었다.

그토록 알량한 시래기 된장 국밥도 양이 더욱 줄어들었
고 민족차별도 더 심했다.

전투 지역이 넓어지면서 일본 본토내에서도 긴축 · 내
핍 · 절약 정책이 시작된 탓이라 했다.

기막힌 정책이었다.

절미 운동으로 급식량도 줄었고 후방 국민들은 총후의 안전지대에 있다는 핑계로 밥그릇 크기도 줄여야 한다는 기발한(?) 아이디어였다.

자연 우리 징용자들의 밥그릇에서도 변화가 있었음은 말할 것도 없었다. 물을 먹고서도 전쟁만은 이겨야 한다는 생각이 전쟁 총지휘를 맡은 대본영 본부에 있는 사람들의 머리 속에 가득 차 있었다.

이런 정책 탓인지 우리들의 식당에는 질 나쁜 사고뭉치 하마 같은 놈만 골라서 일하게 하였다. 그것은 우리 징용자들이 밥 더 달라고 하는 투정을 미리 막아보려는 속셈이었다.

그 하마놈들은 그래도 무엇을 잘 훔쳐 먹었는지 배때기에, 얼굴에 번드르하게 개기름이 흘러 넘치고 있었다. 뱃가죽이 올라붙은 산 송장이나 다름없는 우리들과는 좋은 대조를 이루고 있었다.

힘이 흘러 넘치는지 놈들은 우리들을 대할 때마다 '센징노 야로(조선 놈들아) 건방지다' 하면서 걸핏하면 주먹질이나 발길질이 인사가 되었다.

일본 놈으로 제놈들이 군속으로 일찍 와서 군대밥을 많이 먹었기에 선임자라 해서 대우를 받으려는 셈이었다.

우리 모두 달라들어 실컷 두들겨 주고 싶었으나 어른들의 말이 생각나 참았다.

'참으면 복이 되느니라.'

말하자면 우리들은 곪아가고 있는 종기(조일간의 민족 차별 감정)를 째기 위하여 칼만을 갈고 있었다는 말이다.

드디어 종기는 곪아터지고 말았다.

1943년 10월 23일.

그 날도 비행장 닦기란 고된 하루의 일을 마치고 대강 씻고 나른한 몸을 쉬고 있을 때였다.

식당의 하마로 불리는 큰 하마가 우리 숙사로 들어왔다. 그냥 온 것이 아니고 그의 손에 시계가 들려져 있었다.

우리들은 '웬 시계지…?' 하고 의문스런 눈으로 보고 있을 때 놈은 시계를 들어 보이며 말했다.

"이 시계 살 사람은 사라, 싸게 팔겠다. 단돈 십원이다."

우리 모두 호기심 반으로 몇 사람인가는 하마 앞으로 나아가고 있었다.

구경만 하고 말 뿐 아무도 사려는 자는 없었다.

그 때 내가 나서며 그 시계를 이리 저리 만져보고 난 뒤 입 속으로 중얼거리며 내 자리로 돌아왔다.

"낡고 오래된 고물인데 십원이면 비싼데……."

사람이란 먹는 것 이상으로 소지품에 마음 쓰게 마련이지만 배고픈 서러움도 해결 못하는 주제에 사치품인 이 시계에 대해 관심조차 가지고 시계를 만진 것이 화근이 되었다. 사실 시비하려는 계책에 말려든 것이다.

"고노 센징노 야쓰, 히또오 무시스루나! 곳지고이! (이 조선놈 새끼야, 사람을 무시하는구나! 너, 이리와!)"

하마 녀석은 내 멱살을 거머쥐고 앞으로 나꾸어 채듯 잡아당기며 한 손으로는 내 뺨을 사정없이 후려치는 것이었다.

어떻게나 세게 때렸는지 두 눈에서는 파란 불똥이 튀는 것 같았다.

하마 녀석은 아직도 직성이 안 풀리는지 두 번째 주먹이 날라왔다.

나는 잽싸게 피하면서 내 눈 앞에 와 있는 놈의 콧등을 향해 주먹을 날렸다.

"퍽!"

"어이쿠!"

하마 녀석은 콧등을 감싸쥐면서 몸을 비틀거렸다.

그 때 광주에서 같이 온 김두성(金斗誠)이 합세하여 하마 녀석에게 주먹 몇 대를 더 안겼다. 일은 여기서 그치지 않았다.

하마 녀석은 '센징' '조센징노 야쓰라……. (조선 놈들 새끼라)' 외쳐대며 발악을 해댔다.

평소부터 민족 차별을 많이 해 와서 우리 모두 이를 갈던 놈이기에 우리 반 사람 모두가 달겨들어 한 대씩 안긴 것이 크게 잘못되었다. 몰매를 맞은 놈은 기다시피 식당 쪽으로 빠져 나갔다.

그 하마가 돌아가고 나서 십 분이 채 못 되어 다른 녀석들이 살기 등등해 가지고 우리 숙소에 들이닥쳤다.

곤봉을 가진 놈에 식칼을 가진 놈에 긴 일본도까지도 가지고 있었다.

우리들도 일전을 불사할 각오로 대했다.

마침내 우리 숙사 안팎은 수라장으로 변하고 말았다. 뒤늦게야 이 사실을 알고 경무 녀석이 허겁지겁 달려왔다.

놈은 호루라기를 불어서 우리들을 비상소집시켰다.

우리들은 숙소 앞에 모였다.

싸움의 발단을 캐기 시작했다.

"맨 처음 싸움을 시작한 놈이 어떤 놈이냐? 나서라!"

나는 시치미를 떼고 나서지 않았다.

경무놈은 하마를 식당에서 다시 오게 하여 싸움을 불러 일으키게 한 사람의 얼굴을 찾게 했다.

놈은 경무 뒤에 따라다니면서 한 사람씩 얼굴을 보고 이내 내 얼굴을 찾아냈다. 김두성이도 집어냈다.

"바로 이 녀석입니다."

"또 이 녀석하고……."

그러자 경무는 우리 둘을 불러내었다.

"고노야쓰라! 곳지이 고이(이 자식들아, 이리 나와!)."

나를 따라 김두성도 따라 나왔다.

우리 앞에는 일본도를 가진 그 녀석들이 금방이라도 칼을 들어 우리들을 베일 듯한 기세다. 아니나 다를까 한 걸음 두 걸음 앞으로 걸어 나왔다.

우리들은 각오했다. 눈을 감았다.

'쳐 죽일 테면 쳐 죽여라! 나라 잃고 네놈들에게 여기까지 끌려온 우리들의 힘없음이 한탄스럽구나…!'

순간 경무가 나서며 버럭 악을 썼다. 전혀 생각 밖의 일이었다. 그리고는 주춤해진 일본도 가진 하마놈들에게 재차 일격을 놓았다.

"이 사고뭉치 하마놈의 새끼들아! 썩 물러서지 못할까!"

"……."

"왜 너희들이 나서는 거야. 싸운 이유도 알아보기 앞서 무슨 지랄들이야?"

잠시 정적이 흘렀다. 우리들을 주시하던 경무가 날카롭게 한 마디 내뱉었다.

"왜 싸웠지……?"

나는 자초지종의 경위를 이야기했다.

"너희들 두 놈, 나 따라와!"

우리들은 경무실로 끌려갔다.

놈들은 우리들을 경무실 한 구석에 무릎을 꿇린 채 세 놈이 군화발로 짓이겨댔다.

"조센징노 야쓰라 가구고 시로! (조선놈들, 각오하라)."

또 경무 두 놈이 번갈아 우리를 두들겨 팼다.

밤이 이슥해졌으나 잠도 재우지 않았다.

'그렇구나! 일본도 휘두르는 일본 놈은 혼내는 것으로 벌을 대신하고 아무 잘못도 없는 우리는 조선 사람이라고 해서 때리고 벌을 세우고……. 두고 보자. 복수하고 말 테니…….'

마음 속으로 다짐해 보았다.

흡사 이불 속에서 활개쳐 보는 꼴이지만 끌려온 우리들

은 별 뾰족한 수가 없었다.

이렇게 무릎 꿇리고 매 맞고 짓이김도 무릎으로 받아내야 하고 이렇게 하기를 몇 시간이 지났는지 모른다.

군데 군데 피멍이 들고 다리가 저려 오고 맞은 곳이 욱신거려 참을 수 없는 고통에 신음하여야 했다. 끝내는 두성이 그대로 맨 바닥에 쓰러졌다. 나도 쓰러지고 말았다.

얼굴에 차가운 물기운이 들어 눈을 뜨고 보니 놈들은 우리가 정신을 잃자 양동이에 찬물을 받아다가 얼굴에 끼얹었던 것이다. 아마도 이렇게 하기를 서너 차례, 줄기차게 열대여섯 시간 맞은 셈이다.

나는 지금도 그 때 맞은 여독으로 날씨가 흐린 날이면 찌뿌두하여 온 몸이 쑤셔와 일기예보(?)를 해주고 있다.

또 다시 얼만큼의 시간이 흘렀는지 모른다. 의식이 흐린 대로 놈들이 지껄이는 소리를 마치 꿈 속에서처럼 들을 수 있었다.

"조센징노 야쓰라 곤도 싯가리 시나꾸짜 다메다요. 잇빠이 얏데 오게! (조선놈들 이번에 꽉 잡아두지 않으면 큰일나겠어.)"

"곤도 야쓰라오 모데루도시데 호까노 야쓰라니모 미세떼 야레. (이번 이 자식들을 모델삼아 다른 녀석들에게도 본때를 보여주라구!)"

경무놈은 우리를 쉽게 숙소로 돌려 보내주지 않을 것 같았다. 사실 그 때 놓아준다고 해도 걸어 나올 기력도 없었지만……

개 취급을 당한 채 두 밤을 지나고 나서야 돌아가라고 했다. 그리하여 우리는 모두 일터로 나간 빈 숙소 안으로 기어들어가서 자리에 누웠다.

그래도 속 모르는 창자에서는 배고픔을 알려 왔다.

저려 오는 아픔, 쑤셔 오는 아픔, 벗겨진 정갱이에서 쓰려 오는 아픔에도 배고픔은 역시 이런 아픔에 지지 않았다. 주린 창자를 안고 담요 속에 몸을 파묻었다.

뜬 눈으로 날을 새다시피 하고서 아침에 의무실을 찾았다.

의무실에는 가와기시지로라는 의무장이 있었다. 그는 자기 고향에서 개업을 해 오다가 군의관으로 징발당하여 여기까지 온 의사였다. 그는 일본 사람답지 않게 친절하고 상냥하여 우리들 사이에서도 인기가 있었다. 가와기시는 경무놈들이나 식당의 하마 녀석들과는 달랐다.

가와기시는 우리 두 사람에게 무슨 일로 그렇게 매 맞게 됐느냐고 물어 왔다.

그리하여 나는 사건의 전말을 소상하게 말했다.

"하마에게 너희들이 그렇게 했다 하더라도 참았더라면 좋았을 것을. 그러면 그런 일은 일어나지 않았을 텐데…… 그랬구만."

가와기시는 혀를 차고 있었다.

그리고 가와기시 의무장은 우리들의 상처난 곳에 약을 발라주고 고약을 발라 거즈를 그 위에 대고 붕대로 감아주었다.

"아, 그 경무놈들도 그렇지, 아무리 미웁더라도 이렇게 때려서야……. 좌우간 너희들은 내 명령이 있을 때까지 일을 나가지 말고 숙소에 누워 있다가 다시 와서 치료받도록 해라."

정말이지 아무리 의사라고 해도 같은 일본놈인데 그 지긋지긋한 식당의 하마나 경무놈들과는 다르니…, 실로 오래간만에 받아 보는 인간 대우였다.

우리는 그 날 이후로 꼬박 3일 동안 그의 정성어린 치료를 받다가 4일째 되는 날이 되어서야 일터에 나가게 되었다.

이렇게 매 맞고 잠 제대로 못 자고 치료를 받고 하다 보니 한 달이 훌쩍, 어떻게 보냈는지 모르게 지나갔다. 이 무렵 옆 숙소의 징용자 한 사람이 먹을 물을 떠오다가 실수하여 취사장 바닥에 물을 떨어뜨려 물바다를 이루었다고 한다.

그도 우리처럼 하마 녀석들에게 끌려가 실컷 얻어맞았다.

"조센징 새끼들 빠가야롯 고로시데시마우소. (조선놈의 새끼들아, 멍충아, 죽여 버릴까 보다)"

하마 녀석들은 실컷 때리고 나서는 욕을 해댔다.

아무튼 나와 김두성의 사건이 있고부터는 어떤 꼬투리를 잡아내서라도 복수할 기회를 엿보았다. 이쯤 되자 하마 녀석들과 우리들 사이는 견원지간이 되고 말았다.

물 엎지른 벌로 바닥만이 아니고 주방 안을 샅샅이 청소하는 것으로써 보상(?)을 받았으나 이런 저런 일로써 그들과 우리들 사이는 버그러지기만 했다. 애당초 좋은 사이가 될 수는 없었다. 따라서 우리들 숙소 안에는 살기가 등등했음은 말할 것도 없었다.

이런 분위기를 눈치챈 책임자 이노우에 경무는 우리들의 심신을 위로한답시고 어느 날엔가 말 좋게 오락회를 열어 주었다.

그러나 우리 징용자들 어느 누구도 그 오락회가 즐겁다고 고마워하지는 않았다. 그저 경무가 베푸는 자리이니 억지로 두 시간을 보냈다.

오락회라 하지만 진정으로 우리들이 심신을 위로키 위한 이벤트도 프로그램도 없이 '기미가요(君が代)'에 징용자 근무 수칙에 전황 보고를 듣고 잘 알지도 못하는 군가에 엔가(演歌)에 우리 한국의 판소리 같은 나니와부시(花)의 레파토리가 고작이었기에 촌닭 관청 잡아다 놓은 꼴이 되어 누구 하나 웃는 사람 없이 무미건조하고 딱딱한 마당이 되었다.

그런 지 며칠 뒤 일이다.

뜻맞는 사람 셋이 모이면 무슨 일이건 못해 낼 것이 없다는 말처럼 어마어마한 계획이 누구의 입에선가 나왔고 이 말은 이심전심으로 전해져 갔다.

우리를 못 살게 하고 민족 차별을 최고로 하는 놈들을 야습하자는 제안이었고, 놈들의 버릇을 고치자는 원대한 계획이었다.

물론 여기에 반대할 사람은 없었다.

다시 연락하기로 하고 연락 책임자도 각 반에 한 사람씩 정해 두었다. 나도 끼었다.

이틀 뒤 연락자만 모였다.

"오는 10월 29일(토) 밤이 어떨까? 경무도 하마들도 외박 나갈 테고……. 수도 적고 거사하기도 편할 테니 말야……."

광주에서 같이 온 정영기(鄭英基)의 말이었다.

"그럼 그 날이 좋지 좋아!"

목포에서 왔다는 나월한(羅月漢)도 찬성했다. 이 사람 저 사람이 좋다고 했다. 만장일치였다.

이어 정영기가 치밀하게 거사계획을 말했다. 혼자서 작성한 것을 읽으며 설명한다.

"날짜는 10월 29일로 하고 시간은 밤에 소등 나팔이 울리면 우리들 모두 조용히 잠자리에서 일어나 각자 몽둥이 하나씩을 들고 맡은 장소로 간다. 전기를 다룰 줄 아는 김해식(金海植)은 우리들 숙소로 들어와 있는 전기를 끊는다. 그리고 각자 세수 수건으로 복면을 한다. 1반과 2반은 취사장 쪽으로 가서 기물을 때려부순다.

이 때 경무들이나 하마놈들이 허겁지겁 달려 나오면 3반은 주방문 뒤에 숨어 있다가 만나는 대로 때리고 치곤 한다. 힘이 세어서 장사 소리 듣는 곽학일(郭學一)은 달아나려는 놈들을 맡는다. 야습을 알리는 호루라기 소리가 나면 각자 맡은 장소로 가기로 하고……."

이런 계획을 우리들은 숙소로 돌아가 조용히 자세히 전달해 주었다.

10월 29일.
D데이 밤이 돌아왔다.
그렇게 생각해서 그런지 여느 때와는 달리 우리들 모두 작업 시간에도 식사 시간에도 자기도 모르는 긴장감에 침통함이 떠날 줄 몰랐다. 태풍 전야의 고요함 같았다.
이윽고 소등 나팔이 울렸다.
우리들은 숙소에서 일제히 소등을 했다. 잠자리에 드는 척하다가 호루라기 소리에 맞춰 우리들 300여 명은 일제히 함성 소리를 지르며 몰려 나왔다.
"와아……!"
조용히 잠든 천지를 금방이라도 뒤집어 놓을 듯한 기세였다.
손에는 낮에 눈여겨 두었던 몽둥이, 곡괭이, 삽 등을 들고 벌떼처럼 각자 책임 구역으로 달려갔다.
이어 훈련장 쪽도 전깃불이 끊겼다.
칠흑 같은 암흑 세상으로 바뀌었다.
그릇 깨지는 소리, 치는 소리, 패는 소리, 아이구 하는 비명 소리, 아수라장으로 바뀌고 말았다.
늦게야 달려온 미네무라라는 사감은 손전등을 들고 고래고래 악을 쓴다.
"기마라다찌 야망까! (이놈들 그만두지 않겠나!)"

그러나 그 소리는 이내 웅성대는 우리의 벌떼 소리 속에 묻혀 버리고 만다.

전깃불이 없는 이 격투장은 서로의 얼굴을 알아 볼 수 없어 여기에 함부로 끼어들지 못한 채 놈은 계속 악만 쓴다.

"나야, 나!"

우리는 조선말로 위기를 면하기도 했다.

주방 안을 쑥밭으로 만들고 하마놈들을 때려 눕히기 두 시간 남짓 지나서였다.

경무인지 하마놈의 연락을 받고 왔는지 몰라도 가까이에 있는 일본 헌병대에 연락이 된 듯 일본 헌병 두 놈이 후레쉬를 들고 허겁지겁 호루라기를 불어대며 나타났다.

검문 헌병 둘쯤이 우리 300여 명을 당해 낼 재간이 없었다. 중과부적이었다.

전깃불이 다시 들어왔다.

이내 옆에 주둔해 있는 43연대 병력이 훈련장 가득히 들어찼다.

차 위에서 공포를 쏘아대면서 우리 행동의 자유를 빼앗기 위해 범위를 좁혀 왔다. 우리들 모두는 우리 속의 새가 되고 말았다.

말로 붓으로 말하기 힘든 최악의 공포 분위기가 숙사 안팎을 휩싸고 있었다.

우리는 군인들의 명령에 따라 모두 숙소 앞에 모였다. 다시 소속된 반별로 서라 했다. 인원 점검을 했다. 줄 앞에서부터 한 사람씩 불러 앉히면서 간단한 1차 조사를 받았다.

옷에 묻은 핏자국, 손·발의 핏자국, 부상·상처·옷의 찢김 등을 앞 뒤 위 아래로 훑어보고는 한 마디 질문을 던졌다.

"주도자가 누구냐? 너냐! 거짓말하면 죽을 줄 알아…….
누구냐!"

"……."

모두가 한결같이 묵묵부답이었다.

아무리 다그쳐도 주동자에 반책임자가 누구라고 말하는 사람은 없었다.

"없습니다. 우리 징용자 300명 모두입니다."

머리 끝까지 분이 오른 얼굴들이다.

"그럼 너는 무슨 일을 했느냐? 네 손과 발을 다시 보여라."

손발을 보면 어떤 일을 했는가 짐작할 수 있었기 때문이었다. 그러나 본인이 말하지 않는 이상 무엇을 했는가를 추측하기란 어려운 일이었다.

대답이래야 '모른다'는 말이 고작이었으니 단체 기합이나 단체 굶기기도 쉬운 일은 아니었다.

더욱이 한 사람씩 물고문을 해서라도 자백을 받아내기란 시간도 사람도 물값도 엄청난 계산이었다.

굶겨서 일터에 내보낼 수도 없고 다리를 부러뜨리는 고문으로 작업장에 집어넣을 수도 없고 하니 놈들에게는 당장에 해결할 수 없는 '뜨거운 감자'였다.

그렇다고 그대로 물러설 놈들은 결코 아니었다.

협박으로 회유를 하면서 장기 작전으로 나갈 낌새였다.

그것은 낮엔 작업장에서 일 시키고 밤에 잘 때 불러다가 조사하는 작전이었다.

드디어 놈들의 이 작전에 걸려든 사람이 있었다.

일본에서 살다가 끌려온 내지 센징(조선 사람)이었다.

이 반 저 반에서 줄줄이 사탕식으로 불려가 조사를 받았다. 발길질에 군도의 위협도 받고 몽둥이 찜질도 당해 보고 물구나무도 서 보고……

복날 개맞듯 얻어맞고 터지고 절뚝대며 침상에 눕는 자가 이 반 저 반에서 찍혀 나간 사람이라면 누구나 겪는 고문이었다.

6반에 모두 50명이 넘었다.

다행히 나는 찍히지 않아 무사했다.

오히려 다른 사람 보기가 미안했다.

운 좋은 사내라고나 할지…….

그러나 끝내는 추려져서 주동자인 정영기와 나월한 두 사람은 헌병대에 끌려가 드러난 죄에 반란인가 반역이라는 죄가 더 붙어 2년인가 3년의 징역형을 받게 되었다.

우리가 같이 행동할 수 없게 된 그 뒤로는 소식이 끊기고 말았지만…….

그 뒤 3일 후인 11월 1일이던가.

누가 방화했는지, 혹 전기 누전인지 모른 채 우리의 숙소 1동이 몽땅 타버리는 화재가 일어났다.

우리는 먼저번과 같이 한 사람씩 불려가 조사를 받아야만 했다.

그러던 중 마침내 화재의 원인이 밝혀졌다.

딴 숙사에 들어 있던 일본 사람 징용자 하나가 고다쓰(조그만 화로로, 나무로 짠 통을 얹고 그 위에 이불·포대기 따위를 씌우고, 손·무릎·발을 넣고 몸을 녹이는 일본 화로)의 과열로 덮어 둔 포대기에 불이 난 것이었다.

일본 사람의 잘못으로 일어난 화재였기에 망정이지 만약 우리 조선 사람 징용자가 그랬더라면 어떤 일이 일어났을까 생각만 해도 소름끼쳤다.

가뜩이나 폭동의 후유증이 가시지도 않은 때 우리가 당해야 할 곤혹은 짐작하고도 남았다.

이런 멸시와 차별에 대한 반항의 연속 속에서도 이곳 오무라의 지긋지긋했던 생활도 드디어 청산할 날이 왔다.

또 이동명령을 받았다.

나만이 아니고 우리들 모두 이토록 한 많고 증오스럽기까지 한 하마 녀석들이 우글거리는 오무라 이곳을 떠난다 싶으니 금방이라도 날을 것처럼 반갑기 짝이 없었다.

설령 이보다 더 못된 곳으로 간다 하더라도 아니 반 병신이 되도록 두들겨 맞는 이곳보다는 낫겠지 하는 막연한 기대가 앞서 아린 이가 빠진 것처럼 시원하기도 했다.

우리 모두는 떠나는 날 그곳에 한없는 저주만을 남겨 두고 떠나 왔다.

오무라. 정말이지 그 곳은 우리 300여 명의 한과 설움이 쌓인 곳이었다.

생각해 보면 무모한 만용을 부린 곳이기도 했다.

달걀로 성을 부수려고 덤벼든 곳이기에 말이다.

우리 징용자 300여 명이 새로이 이동된 곳은 '이사하야' 라는 곳이었다.

날씨는 어느덧 찬 바람이 불어대는 초겨울로 접어들고 있었다.

이사하야에 도착한 것은 1943년 11월 6일 오후였다.

이곳은 오무라와 달리 취사장에서 일하는 하마 녀석들이 나 경무란 놈들이 우리를 대놓고 욕을 해대며 인종 차별을 하는 일은 없었다. 더 두고 보면 몰라도 사람들 질이 나은 것은 사실이었다.

가만히 따져 보니 나나 우리가 일본 정부와 고용계약을 맺은 것도 2년이 낼 모레로 다가오고 있었다.

그럭저럭 악몽의 2년이 다 가고 있었다.

날이 꽉 찼으나 귀국의 기쁜 소식은커녕 다시 날벼락이 떨어졌다.

다시 2년간 연장이라는 것이었다.

그래도 우리들은 뜬소문이겠지 설마 그럴 리야 있겠느냐 하고 귀국 명령이라는 기적만을 믿고 나날을 보내고 있었 다.

계약 만료일은 1943년 11월 12일. 행여나 하다가 실제 로 2년 연장계약서를 손에 들고서야 사실임을 확인케 되었다.

우리 모두 실의의 낭떠러지에서 떨어지는 느낌이었다.

그 날 우리는 울화통이 머리 끝까지 치밀어올라 우리 교포가 경영한다는 술집을 찾아가 술을 마시고 또 마셨다. 몸 속에 기름기가 밭아버린 창자 속으로 술이 들어가니 술이 나를 먹기 시작했다.

그곳에서 다이도와교에이껭(大東亞災榮圈)의 만세일계 천황을 위한다는 태평양전쟁의 소식도 들었다.

이름은 잊었지만 이씨의 성을 가진 그는 공부도 많이 한 사람 같아 아는 것도 많았다.

그가 징병으로 가지 않은 것은 다리를 저는 사람이었기에 전쟁터로 나가 죽지 않았을 거라며 살기 위해 술장사를 한다면서 비틀어진 다리를 보이며 웃었다.

그가 들려 준 이야기, 전쟁 소식을 통해 우리를 다시 2년간 공사장에 묶어 두게 하는 까닭을 알 수 있었다. 앞에서도 세계전략사를 보았지만 일본과 관련뒤 것을 다시 듣게 뇌었다.

일본 놈들은 초반에는 진주만 기습으로 기선을 제압 연전 연승 승리를 누려 그 이듬해인 1942년 1월 2일에는 마닐라를 점령하고 2월 15일에는 싱가포르를 함락시키고 이어 자바섬을 점령, 그 기세가 하늘을 찌를 듯 전세계가 제 것인 양 날뛰다가 6월에는 미드웨이 해전에서 패배, 몰리기 시작 8월에는 미군이 카달카날 섬에 상륙, 기세가 꺾이기 시작하자 전력증강에 혈안이 되었다.

연초 마닐라, 싱가포르, 자바섬을 점령했을 무렵 일본군 사령관 이이다(飯田)는 장병 3만 명을 몰고 타일랜드 국경을 넘어 랭군을 향해 진군했다.

2월 11일 노강이라는 급류를 건넜고 3월 8일에는 랭군을 점령했다.

랭군에는 영국군이 못 가지고 간 쌀, 고기, 맥주, 통조림에 각종 옷감들이 가득히 창고 속에 있었다. 글자 그대로 주지육림판으로 전쟁을 하고 있었다.

한편 도조히데끼 총리는 미얀마(버마)의 괴뢰라는 민중 대표 파아모오 박사를 도쿄로 불러 대접을 해주고 1943년 8월 1일 미얀마의 독립을 약속하기도 했다.

이 무렵 일본 군대들은 영국군이 남긴 군수품 덕택으로 흥청망청 아쉬움 없이 놀아대던 영국군의 군수품이 바닥이 나자 이마이란 공병 장교는 방콕에서 미얀마까지 425킬로의 철도를 가설할 계획을 세웠다.

난공사라고 주변에서 말을 해댔다. 2년 내에 끝내라는 도조의 지상 명령도 받아냈다. 노구찌 중대가 담당하여 불가능한 공사를 가능한 공사로 판단, 1년이라고 못을 박았다.

즉각 원시 그대로의 울창한 정글에서는 다이나마이트가 폭발하는 소리가 울리기 시작했다.

우리가 눈여겨보았던 〈콰이강의 다리〉란 영화를 생각해 보자.

섭씨 35도 열대의 뜨거운 태양이 나무도 산도 강도 태워 대고 있었다.

이 속에서 굶주린 포로 영국군, 오스트레일리아군, 인도군 등 연합군 6만 명이 징용이라는 이름으로 붙잡혀 온 현지 미얀마인 13만 명, 일본인 5천 명 합계 19만 5천 명이 동원되고 있었다.

불타는 날씨, 굶주려 영양실조가 된 채 말라리아와 콜레라에 시달려야 했고, 내리치는 모진 매에 죽는 숫자가 늘어만 갔다. 그래도 강행, 1943년 12월 25일 철도가 타일랜드, 미얀마간에 개통되었다.

하지만 일본의 전세는 이미 기울고 있었다. 북태평양, 하와이의 제일 서쪽 끝에 있는 미드웨이 해전에서 일본군이 패하자 태평양 위에서의 판도는 달라지기 시작했다.

그는 당시 태평양전쟁의 전황 일지를 말해준다.

1941년 12월 8일 진주만을 기습, 공격, 자신감을 얻은 일본의 도조 총리는 말레이반도 해역에서 영국의 신예 전함 2척을 격침, 제해권을 장악했다.

이어 1942년 2월에는 싱가포르를 점령하고 영국의 극동군을 무조건 항복시켰다. 승리감에 도취된 일본은 초중등학교 학생에게 점령기념이라고 해서 보기도 구하기도 어렵던 하얀 작은 고무공 하나씩 나누어 주는 여유까지도 내보였다.

나도 그 공을 선물받은 일이 생각난다. 웬만한 학교라면 다 배급받았을 것이다.

또 1월에서 3월에 걸쳐 필리핀, 마닐라, 인도네시아의

스마트라섬을 점령하고 미얀마의 랭군마저 함락시켰음은 앞에서 이야기한 바 있으나 1942년 일본이 미드웨이 해전 참패를 계기로 태평양 주도권을 미국에 넘겨주면서 밀리기 시작했다.

일본은 급했다.

점령한 섬을 빼앗기지 않으려고 군수품 증산에, 비행장 만들기에 전함 건조하기에 항구·공장 짓기에 총동원·총진군령을 내렸다.

술집 이씨의 이런 소문에 따른 전황 소식을 듣고 난 우리 세 사람은 답답했던 가슴이 뚫어져 시원함을 느꼈으나 그래도 앞으로 살 2년이라는 세월이 미웁기만 했다.

전쟁에 이기든 지든 일본 놈 저희 놈들의 것이지 우리 조센징에게는 아무것도 아니다. 오직 귀국 명령만을 기다리는 충성스럽지 못한, 천황에게 불충하는 불충신민(不忠臣民)으로라도 남고 싶었다.

그 날 밤, 잔뜩 마셔댄 탓인지 우리들 숙소만은 술 냄새와 역겨운 냄새로 잠을 잘 수가 없었다.

이곳은 해군 대좌인 오리이산교가 사감으로 책임자였다.

그와 경무는 우리들의 사고 덩어리 복무기록을 보고 나서 그런지 오모무라에서 보다는 덜 귀찮게 했다.

이들의 이런 완만한 탓으로 우리들도 그들과 부딪치지 않도록 매사에 신경을 썼다.

이런 나날들이 쌓여가면서 우리들은 자기도 알게 모르게 순한 양으로 바뀌어 갔다. 아니 길들여지고 있었다.

우리의 일터가 안정되었는지 모르나 하루 두세 시간의 훈련을 끝내고 나면 별 하는 일 없이 내무반인 숙사 안에서 나뒹굴게 내버려두었다.

이런 일이 없는 때는 우리는 외출증을 받아 술집 이씨에게 놀러 나갔다. 저 태평양 밀림 속에서는 죽이고 죽는 싸움이 한창인데 이곳은 태풍전야와 같이 정적이 흐르고 있어 이상했으나 우리는 일하지 않고 노는 그저 편안한 것만이 좋았다.

궁금증나는 전황도 들을 겸해서 찾았다.

우리가 여기 오기 전 남방으로 내려간 일본군의 철교 공사, 우리가 말하는 콰이강의 다리를 건설하는 부대, 이야기의 후편을 들었다.

히말라야산맥에서 뻗어 내려온 높이 3천 미터나 되는 험준한 산악지대의 계곡과 습지대 전면을 훑어내리는 웅장한 빗소리와 함께 그동안 닦아 놓은 길도 다리도 쓸려나가기 몇 번을 거듭하고 나서 철도가 완성된 뒤 결과는 기막혔다 한다.

미얀마인 13만 노무자 중 사망자가 4만 8천 2백 명, 영국·오스트레일리아군 포로 6만 명 중 사망자 1만 8천 5백 명, 일본인 노무자 1천 명, 계 6만 7천명이 콜레라, 악성 말라리아, 영양 실조, 기타 질병으로 죽어 나갔다고 한다.

나는 천만다행으로 생각했다.

재수없이 그곳 공사판에 끌려갔더라면 지금껏 목숨이 붙

어 있으리라는 생각을 할 수 없으리라는 생각 때문이었다.

어쩌면 이곳 어느 공사판에 나가 일하다가 죽을지도 모르는 저당잡힌 목숨이긴 하지만······.

그저 꿈 속에서라도 고향에 있는 명당 좌청룡 우백호로 둘러싸인 할아버지 무덤 앞에 감사드리고 싶었다.

이 생각 저 생각을 하면서 돌아오셨을지도 모르는 고향의 아버지, 어머님에 형님 생각도 났다.

'지금쯤 무엇을 하고 계실까? 식량은, 건강은, 그리고 형님은 아직도 숨다시피 하면서 잘 계실까?'

모두가 보고 싶었다.

숙소에 돌아와 보니 편지가 와 있었다.

이심전심인지 조금 전까지 생각하던 고향에 계시는 형님으로부터다.

겉봉을 뜯었다.

사랑하는 동생 읽어보아라

그 동안 멀리 타관에서 몸 성히 잘 지내고 있는지 궁금하구나.

이곳 고향에서도 대소가 모두 편안히 잘 지내고 있으니 안심하기 바란다.

그런데 한 가지 소식 전하고 싶은 것은 나도 징용자로 뽑혀 남양군도에 가기로 되었으니 그렇게 알고 있거라.

대강 이런 내용이었다.

나는 형님이 보내온 편지를 다 읽고 나자 머리가 띵하며 눈앞이 아찔했다.

그것은 내가 겪어 온 지난 2년을 넘는 동안의 온갖 일들, 차별 · 멸시 · 기합 · 구타…… 파노라마처럼 펼쳐 지나가면서 앞으로 닥칠지도 모르는 일들에 대한 호기심보다 두려움이 앞섰기 때문만이 아니고 형이 겪어야 할 고통이 생각났기 때문이었다.

반신불수가 되도록 매 맞은 이 몸이 아닌가!

사실 이 편지 내용대로라면 형님은 조선의 징용자들이 이렇게 차별대우에 온갖 고생을 하고 있는 사정을 알 까닭이 없을 것 같아 그냥 가슴이 답답하기만 했다.

어떻게 해서든 징용을 피하라고 전하고 싶었다. 그런데 나는 지금 징용자로 매인 몸이 아닌가! 멀리 떨어져 있으니 어떻게 해서 이 사실을 알려서 말릴지…….

그곳 고향에서 일본 놈들의 횡포가 어떤지는 몰라도 지금 내가 겪고 있는 멸시와 고통을 전해 드리자. 편지에 조금만 무어라 해도 군사 기밀이라고 하며 엄포를 놓아대는 판이니, 또 검열을 받고 있으니 어떤 말을 써야 알아들으실까? 지금의 실정을 이해할 수도 없고, 그렇다고 직접 고향에 간다는 것은 말도 안 되고 연락 수단은 그래도 편지밖에 없는데……. 편지로 빨리 전해야 하는데…….

설령 형님이 편지를 못 받고 징용으로 나오더라도 편지를 보내기로 마음먹었다.

우선 편지를 써 놓고 좋은 방법을 찾아보자. 편지는 한글로 썼다. 검열을 하더라도 혹 넘어갈 수 있을지 모른다. 행운을 비는 수밖에…….

보고 싶은 형님에게

형님께서 보내주신 편지 잘 받아 보았습니다. 고향의 집안들이 두루 편안하다 하시니 다행으로 생각됩니다. 저 역시 형님께서 염려해 주신 덕택으로 무사히 징용자 생활을 하고 있습니다.

사실대로 얘기한다면, 그 동안 겪은 고생을 다 얘기하려니 눈물만 나옵니다.

그런데 형님께서 징용으로 오시겠다니 말할 수 없이 걱정이 되는군요. 어떻게 해서든지 징용을 피해 보십시오.

피하다 보면 좋은 날이 곧 있을 것 같습니다. 형님만이라도 집에 남아서 집안 농사일도 살림도 해나가야 하지 않겠습니까?

징용자가 되어 남양군도에 온다는 것은 꿈에도 생각지 마십시오. 마음을 고쳐 잡수시고 어떠한 고생이 있더라도 징용에서 빠져서 집안에 남아 주십시오.

형님도 잘 알고 계시듯이 지금 일본의 전세가 불리하여 몹시 당황하고 있습니다. 최근에는 일본 수송선이 병력과 군수 물차를 싣고 항해하다가 미·영 연합군의 함상 폭격으로 수송선들이 수없이 파선되었답니다. 따라서 남양군도를 가는 군수 물자 보급이 끊겨진 상태라고 들었습니다.

이밖에도 일본의 많은 수송선들이 남쪽으로 내려가다가 폭격이나 미·영의 군함의 폭격으로 자꾸만 침몰되고 있답니다. 이런 판국에 형님이 남양군도에 가신다면 그 결과는 뻔하지 않습니까? 제 말씀을 가볍게 받아들이지 마시고 집에 남아 주시길 다시 한 번 부탁드립니다.

거듭 말씀드리지만 일본군을 싣고 가던 배가 동지나 해상에서 폭격 받아 전부 침몰하여 2천 명인가 3천 명이 다 고기밥이 되었다고 합니다. 드릴 말씀은 태산 같으나 다음으로 미루고 이만 그치겠습니다.

1943년 11월 21일

동생 명식으로부터

나는 이런 내용의 편지를 써 놓았다.

다음으로는 이 편지를 어떻게 부칠까 하는 걱정이 앞서는 것이었다.

내 있는 곳의 어떤 주소로 써서 발송할까 생각도 해보았다. 똑바르게 여기 내 주소로 하여 적어 보냈다가는 군사 기밀에 걸릴까 두렵고 그렇게 되면 오무라에서의 하마 녀석들과 싸워 경무놈들에게 두들겨 맞은 것 이상으로 무거운 형벌을 받게 되리라고 생각되었기 때문이다.

주소만 걱정하는 바보, 이 바보 덕으로 뒷날 엄청난 화를 가져올 줄은 생각 못했다.

　문득 이런 생각도 났다. 조선 사람들이 살고 있는 주소를 써서 부치면 되겠지 하는 생각도 났다.

　만일의 경우도 생각해 보았다.

　검열에 걸리게 되면 그 교포에게 피해가 갈 것 같아 이 방법도 최상의 방법은 아닌 듯했다.

　이렇게 생각해 보고 저렇게도 생각해 보아도 어떤 묘책이 떠오르지 않는다.

　이렇게 마음의 갈피를 잡지 못한 채 안절부절 못하다 보니 어느덧 저녁때가 되었다. 식사시간이 되었음을 알고 식당 쪽으로 가다가 우편일을 담당하고 있는 문상근(文尙根)을 만났다. 그는 전북 부안에서 끌려온 사람이었다.

　나는 그를 보자 같이 온 고향 사람인데 내 부탁을 들어주겠지 하는 내 계산으로 그에게 달려가 식사 뒤 만나줄 것을 부탁했다.

　나는 밥을 먹으면서도 저쪽에 앉아 밥을 먹는 문상근, 그의 움직임을 하나도 놓치지 않았다.

　식사가 끝난 뒤 그는 나에게로 와서 묻는다.

　"무슨 일이 있소?"

　"문 형, 나 부탁 하나 있소."

　"무슨 부탁인데…… 들어 줄 만한 것이면 들어 줄 테니……. 다 같이 고생하는데 서로 도울 일이 있으면 도와야지……."

　"고맙소, 사실은 문 형, 내가 우리말로 편지를 써서 고향으로 보내려고 하는데 어떻게 해서든 이 편지가 고향에 도착하도록 해야겠단 말이요. 그 동안 귀에 못이 박히도록 들어 온 호리이의 정신 무장 시간에 봉투편지를 집에 보낼 때에는 자기가 검열해서 보내 주겠다고 했는데 그렇게 되면 편지 내용을 일본어로 써야 하고 군사 기밀이 안 써 있는 것이어야 한다는 말, 형도 같이 들었지 않소. 너무 까다로워서 형에게 부탁하는 거요. 꼭 이 편지가 고향에 도착할 수 있도록 도와주시오. 그 은혜 잊지 않으리다."

그는 한동안 생각에 잠겨 있는가 싶더니 이윽고 결심이라도 했다는 듯 무겁게 입을 열었다.

"최 형이 모처럼 부탁하는 것인데 안 들어 줄 수 있겠나. 그럼 그 편지를 나에게 주게나. 내일 아침 편지 검열 때 사감에게 보이지 않고 '검열제' 도장과 사감 도장을 몰래 찍어서 보내주겠네."

그 말을 들은 나는 그가 그렇게 고마울 수가 없었다.

이렇게 하여 나와 그와의 모험으로 그 화약통 같은 위태위태한 편지는 내 손을 떠날 수 있었다.

기억은 잘 안 나나 그 날이 1943년 11월 25, 6일이라고 생각된다. 그때 사정으로 일본에서 고향까지는 4, 5일이면 배달된다고 말들 했다.

지금 생각해도 그 때 일만 생각하면 가슴이 뛰는 모험이었다. 문상근 편에 편지를 보낸 뒤 하루 한 때도 잠을 편히 잔 적은 없었다.

'행여나, 잘못되지나 않았을까?'

'편지는 형이 받아 보았는지…?'

'징용 오는 것을 피했는지…?'

온갖 생각으로 하루하루 보내기가 괴로웠다. 불안이 연속되는 나날이었다.

'아니다. 천우신조로 내 편지가 형님 손에 들어가 남양군도 가는 것을 포기하고 잘 계시겠지……'

그렇게 자위도 해보았으나 그래도 행여나 하는 불안 쪽이 기승을 부리고 있었다.

어느덧 한 달이 지나갔다.

한 달이 지났으니 이젠 정말로 걱정 안 해도 좋으리라. 날이 자꾸 감에 따라 그 일도 차츰 잊혀져 갔다.

한데 잊혀져 가고 있는 내가 바보였다. 비밀은 영원히 감출 수 없다는 말처럼 내 편지 한 통은 모락 모락 부산으로부터 불이 타 내쪽으로 다가들어오고 있었다.

마음 속에서 안심 · 불안이 뒤얽힌 갈등의 불길은 그칠 줄 몰랐다.

생각 밖의 친절

1943. 11. 26일경.

그 날 밤 7시가 되자 '사사끼' 고죠가 나를 불렀다.

나는 두근거리는 가슴을 달래며 그의 방으로 갔다.

사무실에서는 난롯불이 활활 타오르고 있었다.

활활 타오르는 난롯불을 가까이 하게 되니 그동안 얼었던 몸이 녹아드는 것만 같았다.

책상 앞에 앉아 있던 사사끼가 입을 열었다.

"너는 원칙적으로 말한다면 국사범이다. 수갑 채우고 조사를 해야 하는데 도망갈 수 없으리란 생각에 수갑을 안 채우고 몸을 뒤로 묶지 않은 채 대우하니 묻는 대로 대답하라. 참, 그보다 이 종이에다가 오늘 이 시간까지 네가 살아온 일들을 자세히 적어 봐라. 네가 조선서 나서 자랄 때

이야기에 어른 된 오늘날까지 있었던 일을 적어 보란 말야. 몇 장이 되어도 좋으니 말이다. 거기 앉아서 써라. 시간 걸려도 좋다. 나는 나갔다 올 테니 그동안 써놓아라."

나는 순간 아찔했다. 콩이야 팥이야 하고 자세히 적어야 좋을지, 적당히 두어 장으로 끝내야 좋을지 몰랐다. 판단이 안 섰다. 조사관 자기들이 모르는 사실이 혹시 나타날지도 몰라 내 죄가 더 무거워지는 것은 아닐까?

아무리 조사를 그 동안 깊고 넓게 했다 하더라도 나만큼은 알 까닭은 없을 것이다. 그래 쓰자. 이렇게 마음 굳혀 먹고 백지 한 장에 내용 줄거리를 쭈욱 써 보았다.

· 출생 : 본관, 주소, 부모 성명, 형제 자매, 친척,

· 학력 : 소학교(초등학교), 창씨 이름, 입학 · 졸업연도, 성적, 상벌 관계

· 경력 : 졸업 후 한약방, 일인 식당.

· 징용 : 시기, 훈련, 친구, 부산 출국, 일본 도착

· 일본서의 일 : 사세호, 오사까 이야기

· 징용 생활 : 사세호, 오무라 숙소, 시계 이야기, 물 떨어뜨린 이야기, 운동회 뒤 거사 이야기.

· 거사 계획 이야기 : 거사 때의 공약, 주동자가 없다. 차별에 대한 조센징의 감정 폭발 이야기.

정말, 이 말, 여기까지는 쉬웠다. 그것은 내가 실제로 해 나온 일들이었기에 어려움이 없었으나 '검열제' 란 도장을 받은 이야기를 그대로 하다 보면 문상근이 처벌당할 것은 뻔하였기에 어떻게 쓸까 망설이다가 거짓말을 쓰기로 작

정했다.

지금 생각해도 속을 틱 없는 거짓말이지만 그렇게 하고 싶었다.

나는 전라도 고향에서 같이 온 문상근 씨와 가까이 지내게 되었다. 일과 뒤면 서무계로 가서 그와 만나 많은 시간을 술도 마시러 외출도 하고 이야기도 많이 나눴다.

사실 나는 그가 우리들 일하는 것을 도와주기도 했다. 이것이 연고가 되어 봉투 뒤에 도장은 어디에 찍고 검사는 어떻게 하는가를 자연스러이 익히게 되었다.

고향에 있는 형에게 보낼 편지도 미리 써서 품속에 지니고 있다가 그가 변소에 간 사이, 그 사이를 노려 서랍에서 도장을 꺼내어 '검열제' 도장을 찍었다.

나중에 안 일이지만 문 형은 발송대장에 내 편지가 올라 있지 않아 문 형이 도장 찍은 것이 아닌 누군가의 도둑짓으로 나타나 편지가 발각된 뒤에도 큰 처벌은 안 받았다고 한다.

물론 편지 내용도 썼다.

'일본의 남양군도 쪽으로 가던 수송선이 미국·영국의 연합군 폭격으로 격침당하여 군수 물자가 군인에게 가지 못해 난리이니 징용 오지 말라는 내용이다.'

대충 이렇게 써놓고 나서 다시 살을 붙여 쓰다 보니 일곱 장이 꽉 찼다. 사사끼 책상 위에 갖다 놓았다.

아마도 세 시간은 걸렸으리라.

나는 다 쓰고 나서 긴장이 풀린 탓인지 스르르 나도 모르게 잠이 와 앉은 채 잠을 잤다.

'잠처럼 무정한 것이 없다더니 이런 데서, 살얼음판 위 같은 데서도 잠은 왜 자꾸만 올까?'

야속스러웠다.

돌아온 사사끼는 빨강 연필을 가지고 밑줄을 쳐대면서 한 장 한 장씩 찬찬히 읽어내려 가다간 고개를 끄덕이거나 가끔씩 무엇을 적기도 했다.

난로 위에 놓여 있는 주전자에서는 향긋한 향내를 풍기는 오찻물이 끓고 있었다.

그리고 책상 위에는 방금 가져다 놓은 먹음직스러운 생과자들이 그릇에 가득 담겨져 있었다.

그는 컵에 물을 따라 부은 뒤 생과자 그릇을 내 앞으로 밀면서 친절하게 권하는 것이었다.

"너도 먹어라. 그동안 배고프겠구나. 자 어서……."

나는 사사끼 고죠가 이렇게 친절하게 대해 주는 까닭을 알 수 없었다.

거듭 말하지만 그들 말대로라면 나 같은 정치범, 대역죄인을 아니, 불충신민을 이토록 융숭하게(?) 대접한다는 것은 도무지 이해가 되지 않았다. 이내 이런 생각도 들었다.

국사범이기에 배후에 커다란 국제간의 간첩망이라도 숨어 있지 않은지……. 그것만 알아낸다면 사사끼 그의 출세의 앞날은 훤할 테니까! 이래서 회유책을 쓰는 게 아닐까

(?) 하는 생각이 들기도 했다.

'사람의 호의를 곡해해서는 죄받는다던데…….'

한편으로 이런 생각, 조센징을 차별하고 멸시하는 등 심한 고통을 자꾸만 주다 보니 조선 징용자들이 반발, 폭동을 일으켜 산업 전선에 지장을 가져온다는 사실을 높은 사람들이 알아 회유책을 쓰라는 특명이라도 받았는지도 모른다.

일본의 회유책은 많았다. 많은 가운데서도 1909년 전조선통감 이토히로부미를 안중근이 만주 하얼삔역에서 사살한 것을 비롯하여 1919년, 기미년에 손병희 등 33인이 서울 3·1독립 선언문을 낭독(삼일운동이 일어난)한 일이라든가, 그 뒤 류관순의 '아우내 장터' 독립만세 사건 등이며, 광주학생 운동 사건이며, 중국 샹하이에서 임시정부를 이끌어가는 김구 선생이 주관하는 '한인애국단원' 이봉창 의사의 일본 천황 히로히또를 향한 폭탄 투척 사건이며, 그리고 샹하이 홍코우 공원에서 열린 일본 천황의 생일인 천장절의 축하 식장에서 윤봉길 의사가 폭탄을 던져 시라가와 요시노리 해군 대장에게 부상을 입히는 등의 거사는 조선 사람은 말할 것 없고 전세계를 깜짝 놀라게 한 일들이었다.

이렇게 연달아서 대규모의 항일 테러 사건이 발생하자 무단 정치 일변도로 핍박과 탄압하는 것만을 능사로 알던 놈들은 뒤늦게나마 그런 방법을 치우고 마침내 유화정책, 어루만지며 달래거나 교묘한 수단 방법으로 반복시켜 따르게 하는 회유 정책의 일환으로 조선 총독부에서는 농어촌 진흥정책을 펴고, 애족 항일 투사들에겐 매보다는 말로 설득시켜 그들을 충성스런 시민으로 만들려고 애쓴 적도 있었다.

무단 정치란 무력을 가지고 제 마음대로 하는 정치다. 사벨 정치는 칼로 하는 정치다. 특히 일본은 순사들에게 긴 칼을 주어 무서움에 떨게 했다.

이번의 사사끼 고죠도 나에게 이런 내외적 요인으로 회유책을 쓰는 게 분명하다고 믿고 싶었다.

하긴 탄압하고 핍박하면 또 다른 사건이 터질지 모른다고 생각한 것이라고 내 나름대로 생각이 들기도 했다.

어쨌든 나는 사사끼, 그가 권하는 바람에 생과자 두 개를 게눈 감추듯이 씹어 삼키고 따라주는 오찻물을 반 컵쯤 들이마셨다.

그런데 뒷날 알게 된 일이지만, 사사끼는 아주 단수 높은 취조관 출신임을 알게 되었고 나의 온갖 추리가 적중한 셈이었다.

나에게 그런 친절을 베푼 것은 내 배후의 조종자나 관련자들을 일망타진하려고 그런 회유책을 썼다는 것이었다.

어마어마한 간첩을 잡기 위한 포석이었다고나 할까, 내가 저지른 모든 것을 숨김없이 털어놓기를 바랐기 때문이라고나 할까?

"정말 자세히 양심적으로 잘 썼구나. 수고했다. 이제부터 내가 묻는 말에 숨김없이 대답하기 바란다."

맛있게 생과자를 먹고, 물을 마시고 난 나를 보고 사사끼는 내가 쓴 것들을 책상 위에 놓고 심문하기 시작했다. 우리가 보고 들어 왔던 여느 조사관들처럼 신상 문제부터다.

진술조서라고나 할지 모를 일곱 장의 내 지나온 길 속에다 들어 있는 사항들을 다시 챙겨 물었다.

"본적은 어디지?"

"예, 본적은 조선국 전라북도 ××군 ××면 ××리 46번지입니다."

"이름은?"

"최명식, 창씨개명으로는 요시야마 메이쇼구입니다."

"생년월일은?"

"대정 10년 8월 14일생입니다."

"학력은? 경력은?"

"학교는 순창공립보통학교를 졸업한 뒤 한약방에서 8년 동안 일했고, 광주시에 있는 일본 사람 식당에서 2년쯤 종사한 것이 모두입니다."

"가족 관계는?"

"아버지는 제가 징용자로 오기 전까지만 해도 집을 나가신 뒤 행방을 알 길이 없고 어머니와 누이동생 하나가 있을 뿐입니다."

나는 아버지에 대해서 이야기할 때는 가슴이 두근두근했던 것이 어쩔 수 없었다. 그것은 아버지가 중국 상하이엔가에 가서 항일 운동을 한다는 사실이 알려질까 두려웠다. 만약 이 사실을 안다면 나의 죄는 아버지와 연결되어 간첩

활동을 하는 것으로 오해받아 크게 더욱 부풀려져서 조사가 더 길게 늘어날 것은 불을 보듯 뻔한 사실이었다.

틀림없이 중국에 있는 아버지와 연락이 되고 있기에 일본이 전선 이곳 저곳에서 쫓기고 있고, 이 전쟁에서 일본은 이길 수 없을 것이리라는 사실, 그래서 형에게 징용을 피하라고 연락 편지를 띄웠음이 분명하다는 논리의 추측도 가능했기 때문이다.

"친하게 지냈던 친구는?"

"고향에서는 농사를 짓고 있는 권익태와 장정남 정도입니다. 하지만 이들과는 보통학교(초등학교)에 다녔을 때의 일이고 그 후로는 내가 타관 객지로 나와 떠도는 바람에 한 번도 만나볼 수 없었고 소식도 끊겨 아무것도 모르는 상태입니다."

"일본말은 어디서 배웠는가?"

"제가 여기에 오기 전에 일했던 식당에서입니다. 그 식당 주인 아저씨가 일본 사람이기에 많이 배웠고요. 그리고 틈틈이 독학도 했습니다."

"편지는 왜 보냈지?"

"우리 집안에는 큰집과 작은집이 있으며 큰집에는 아들 하나뿐이고 작은집인 우리 집에도 아들이 하나밖에 없습니다. 그런데 최근에 사촌 형님한테 편지가 왔는데 그도 징용으로 뽑혀(?) 남양군도에 가게 될 것 같다는 내용이었습니다. 만약 형님이 징용자로 뽑혀 만에 하나 불행한 일이라도 당하게 되면 집안은 문을 닫게 됩니다. 이를 막기 위해서 형에게 겁나는 소리라도 해서 징용을 말리고 싶었습니다. 딴 뜻은 없었습니다."

"그랬었군! 형이 징용으로 남양군도에 오는 것을 막기 위해서였다고?"

사사끼는 내 말을 열심히 들으면서 내 눈빛을 살피기도 하고, 또 쓰고 듣고 다시 나를 보며 열심히 적고 있었다.

나도 슬금슬금 그의 눈빛을 훔쳐 보았다. 또 기회는 이때다 싶어 묻지도 않는 말을 되풀이해댔다.

"집이 가난하여 어릴 때부터 남의 집살이를 하고 다녔기 때문에 고향에 있는 친구들과 어울려 지낸 것은 아주 어릴 때뿐이었습니다."

될 수 있으면 고향에 있는 친구 두 사람이 내 말로 인해 나처럼 징용으로 끌려왔는지 모르나 아직도 남아 있다면 그들에게 화가 미치지 않도록 하기 위한 생각이었다.

"정말 이 편지를 쓸 때 누구하고도 상의가 없었나!"

"예, 정말 없었습니다."

"그러지 말고 있었으면 있었다고 말해. 그 사람의 이름을 대보란 말이다. 하늘을 두고 맹세하겠다. 그 사람에게는 화가 미치지 않도록 하겠으니…… 내가 책임을 지겠단 말야! 거짓말하면 크게 다친다. 알았냐?"

사사끼는 심각한 표정을 지어 보이며 다그치듯 나에게 물어 왔다.

나도 사사끼 못지 않게 진지한 표정을 지어 보이며, 딱 부러지게 대답했다.

"정말로 없었습니다. 나 혼자서 한 일입니다. 내가 누구를 만나겠습니까? 이 울타리 안에서만 살고 있었는데……."

딱 부러지게 대답했다.

그와 나 사이에는 이런 투의 질문 공방전이 계속되었고 밤은 자꾸만 깊어 갔다.

사사끼, 그는 잠깐 동안 생각에 잠기는 듯하다가 내가 쓴 진술 조서(?)를 다시 훑어보면서 질문할 꼬리를 찾아내려는 듯했다.

벽에 걸린 시계가 세 번을 친다.

새벽 3시를 알리고 있었다.

그제서야 사사끼는 일어서는 것이었다.

"오늘 조사는 이만 그치자. 내일 아침 다시 이곳으로 오라. 잠자리에 들 때 다시 한 번 생각해 보아라. 고향에서, 사세호에서, 오무라에서 만난 사람 누구 없었는가를 말이다."

이내 뒤돌아 보면서 그는 다시 알아듣기 어려운 말을 하면서 만면에 미소를 띄었다.

"네 입장을 잘 알았다."

'내 입장은 무엇이고 무엇을 알았다는 말인지……?'

수수께끼일 수밖에 없었다.

그 날 사사끼에게서 들은 바에 의하면 내 편지는 우리 부대를 떠나 부산 우체국의 검열관에 의하여 적발되었다고 한다.

그리고 다음과 같이 말했다.

"부산 우체국의 검열관이 네 편지를 보니 틀림없이 군부대에서 보내는 편지였으며 분명 징용자가 보낸 것인데 다른 편지에 비해 조금은 두꺼웠고 무거운 듯해서 이상하게 여겼다는 거야. 겉봉에는 분명히 '검열제'란 도장이 찍혀 있어 이상히 여겨 뜯었다는 거야. 뜯어 보니 편지가 일본어가 아닌 조선어로 깨알같이 써 있다지 뭔가? 어마어마한 군사 기밀이 한낱 조선의 징용자에게서 말야. 어떻게 전쟁이 곧 끝난다고 말할 수 있고, 왜 우리 일본이 싸움에서 진다는 것인지……. 그리고 배 수송선 몇 척 부숴졌는데 남양군도에 나가 있는 일본 군인들이 군수품 보급이 안 되어 죽을 지경이 되었다는 건지. 한 마디로 징용자의 신분으로 그런 사실이나 전황을 속속들이 알고 있음은 틀림없이 누군가와 만났거나 연락을 받았거나 명령, 아니 지령이 있었을 것이라고 판단했다는 거야. 여기에는 간첩이 끼어 있거나 부대 속에 끼어 있는 고정 간첩(나를 두고 하는 말)의 짓이 분명하니 철저히 조사 바란다는 보고서를 받고 우리 헌병대에 조사 명령이 떨어진 거야. 따라서 조용히 일본 국내외로 비상망이 쳐졌고, 네가 쓴 원본(편지)은 사령부에 보관되어 있다."

'이러니 내 입장을 잘 알았다는 말인가? 아니면 이렇게 세세히 모든 것을 알고 있으니 이젠 실토해야 한다는 으름짱인지……?'

이렇게 기막힌 내 편지 사연을 들려주었다.

한 장의 편지로 나는 일본의 전 수사기관을 긴장, 초비상 사태에 돌입케 한 장본인이 되었다.

나는, '요시야마 메이쇼구가 누구냐?' 할 만큼 거창한 인물로 전 일본 수사기관 관계자에게 차츰 차츰 다가서고 있었다.

그 날 사사끼의 조사 이후 나는 더욱 엄중한 감시 대우(?)를 받았다. 그럭저럭 그때가 1943년 11월 말경이었으니 추울 때도 되었지만 나 혼자만이 있는 독방은 냉기가 내 몸속을 구석구석 깊게 파고들고 있었다.

담요도 어젯밤 때보다 두 장이 더 있었고 물과 밥그릇도 훨씬 컸고 다꾸앙도 하나 더 나왔다.

추운 기를 면할 수 있다면 그런대로 다른 잡범들보다는 훨씬 나은 대우였다.

이튿날도 사사끼 앞에 불려 나가 전날처럼 공책에 지나온 세월 이야기들을 처음부터 다시 쓰도록 강요(?)받았다.

쓰고 나서 읽고, 읽고 나서는 심문이 시작되었다.

그저 똑같은 말들이 그와 나 사이에 오고 갔다.

틀린다면 이야기 속에서의 토씨나 말 내용이 다를 뿐이고, 사사끼의 질문 역시 묻는 순서가 바뀌거나 토씨가 '야나, 거지, 해라가 하라' 정도일 뿐. 시간 끌기 작전인지, 심리 소모 작전인지 모를 시간의 연속이었다.

아무리 털어도 떨어질 먼지는 이미 떨어져 나왔다고 생각했는지 제 3일째는 부르지 않았다.

웬일인지 제 4일째도 편안히(?) 쉬게 했다. 제5일째 되는 날도 이상하리만큼 조용했다.

'사형 앞선 대우!?'

별의별 생각이 다 들었다. 그러면서도 고향의 형님은 어떻게 계시나 하고 걱정에 궁금증이 덮쳐 왔다. 특히 이번의 편지 사건으로 형님에게 징용으로 끌려오기 앞서 화나입고 계시지 않으셨을까 걱정되었다. 아니면 지금쯤 징용으로 끌려와 남양군도 어느 섬에 가서 비행장 닦기에 구슬땀을 흘리고 계시지나 않으신지 불안하고 초조하고 궁금증에 추위와 싸워 가며 하루 하루를 보내면서 사사끼가 부르기만을 기다리고 있었다.

다시 일주일이 지나고 또 며칠이 지난 아침, 사사끼가 불렀다.

나는 사사끼 앞으로 나갔다.

그는 전번과 같이 융숭한(?) 대접을 해주었다.

그런데 그의 책상 위에 쌓여 있는 많은 서류들을 보고 나는 놀라지 않을 수 없었다.

그는 그 많은 서류를 접어둔 쪽을 펴보면서 다시 물었다.

"그동안 가만히 있느라고 수고 많았다. 별다른 일은 없었냐? 헌데 부산 부둣가의 창고에 있을 때 밖에 나간 일 있었느냐? 담배나 술 사먹으려는 게 아니고 누구 만나러 나간 일 없었느냐? 그러니까 1941년 11월 20일 전후가 되겠지. 너희들이 '기미가와마루'를 타고 일본으로 오기 전에 말야."

나보다 날짜를 소상히 대면서 날벼락 같은 질문을 하는

것이었다.

"없었습니다. 나 같은 촌놈이 부산 바닥이 어떻게 생겼고 하물며 그런 곳에서 누구를 알겠습니까? 담배는 배우지 않았고요. 술 사 먹으려 해도 돈도 바닥이 날 지경이었고 감시가 얼마나 엄했는데요. 도망가면 총살이라는 말도 정신 훈화 때 들었습니다."

나는 그때의 상황 설명을 길게 자세히 해 주었다.

"으응 알았다. 더 할 말은 없느냐?"

"예 없습니다."

목이 탔다. 침이 말랐다.

내 앞에 놓인 컵에 물을 따르려고 허리를 굽히자 봉투 앞에 '조선……'이라는 글자가 눈에 띄었다. 모르긴 해도 나에 대한 뒷조사를 한 결과 보고서나 답변서인 듯했다.

'잘못 본 것일까?'

담배를 태워 물고 아무 소리 없이 앉아 있던 사사끼가 이내 입을 열었다.

"네가 너무 경솔해서 그랬던 것이었더구나! 그동안 조선 땅 네 고향으로, 광주 일식당으로, 부산 부둣가로, 사세호로, 오무라로 조사해 보니 사실은 아무것도 아니었다. 다만 '하노이사끼'에서 숙소 옆 조선인 식당의 요시가와라는 조센징을 조사해 보았다. 그가 너희들에게 밥과 술을 팔면서 들려 준 이야기는 모두 신문에 난 기사들이었지 별다른 냄새는 맡을 수 없었단다. 너희들이 숙소에서 신문을 보았더라면 누구나 말하고 걱정할 좋지 못한 슬픈 소식들이었지만……. 너 때문에 센징 요시가와도 헌병대에 끌려와 조사를 며칠 받고 구타도 당하였으나 열흘 뒨가 돌려보냈다는 보고서가 바로 이것이다. 또 이것은 네 고향 순창경찰서 사찰계에서 온 것이고……."

사사끼는 그동안 편안히 놓아 둔 사연을 말해 주었다. '태산명동 서일필(泰山鳴動 鼠一匹)'이란 말이 생각났다.

무엇을 크게 떠벌렸으나 실제의 결과는 아주 적음을 말할 때 쓰는 말이 아닌가!

결국 사사끼와 다른 높고 낮은 수사관들은 한결같이 형이 징용으로 나와 죽으면 대가 끊겨 버릴까도 걱정하고, 더운 남양군도에 가서 고생할 것이 안쓰러워 그런 편지를 보냈다는 심증을 굳히게 되었다는 말도 들었다.

나는 사사끼가 그 때 한 그 말이 우스웠다.

"나는 샹하이 임시정부와도 연락이 있는 줄 알았지. 그래서 이건 큰 거물이라는 생각도 했고, 또 조선인을 유화로 다루라는 명령도 받고 해서 따귀 한 대 때리지 않고 융숭하게 대하였구나! 어쨌든 네놈은 복 많은 센징이다. 아마 이틀이나 삼일 뒤면 풀려날 것이다. 조금만 참아라."

'정말 풀려 자유스런 몸이 될까? 나 같은 국사범이…….'

나는 마음 속으로 이 말만을 되뇌이면서 헌병을 따라 일어섰다.

사사끼는 나를 인솔하는 헌병에게 한 마디 단단하게 다짐을 주었다.

"어이 요시야마를 잘 대우해 줘라. 간수에게도 내 말을 꼭 전하구."

독방인 내 방에 돌아오니 추운 기보다 그동안 쌓였던 긴장이 와르르 무너지는 듯했다. 그날 밤은 내가 이곳에 끌려온 지 두 달되는 밤이었다. 실로 모처럼만에 두 발 쭉 뻗고 깊고 깊은 잠에 빠질 수 있었다.

아침에 일어나 다시 한 번 손꼽아 보았다. 정확히 두 달하고도 하루가 된다. 아침밥이 문 밑에 난 구멍으로 들어왔다.

진수성찬이다. 밥 양도 많고 기름기가 뜨는 국에 반찬 가지 수가 넷, 이만하면 대장부 살림살이 부러울 게 없었다고나 할까?

이렇게 호의호식(?)을 하면서 편안하게 이틀 밤을 보냈다.

아침 9시가 되어서였다. 나를 이곳으로 데려다 논 스즈끼 군조가 다시 나를 데리러 왔다.

가지고 왔던 사물 보퉁이가 담긴 함 속에서 넝마 같은 옷가지며 바꿔 신었던 군화에 혁대를 꺼내 주었다.

옷을 갈아입고는 사사끼 앞으로 나아갔다.

"여기 순창면장의 편지가 있다. 네가 우직하도록 정직스러운 사람으로서 반국가적인 사상을 가질 사람은 못 된다고 보증했다는 보증서다."

사사끼는 여러 장으로 철해진 서류를 보여 주었다. 장마다 뻘건 도장들이 여기 저기 눌러져 있었다.

"네 사건은 재판을 받아야 할 만큼 유명해졌으니 우리 헌병대에서도 어찌 할 수 없다. 재판받아도 죄가 없으니 곧 풀려날 것이다. 잘 되고 나면 헌병대에도 한 번 들러라!"

사사끼의 이 말은 무엇을 말함인가!

재판을 받아야 한다니 아직도 고생이 끝나지 않았단 말이 아닌가! 헌병대에서 죄 없음이 드러났으니 끝난 줄 알았는데…….

갑자기 눈앞이 깜깜해졌다. 하지만 나는 그에게 고맙다는 인사를 했다.

"그동안 고마웠습니다. 이 은혜 잊지 않겠습니다. 사건 끝나면 찾아뵈러 오겠습니다. 안녕히 계십시오."

나는 정신 없이 쫑알대고 스즈끼를 따라 방을 나왔다.

이 날이 1944년 1월 30일이라고 생각된다.

내가 이런 곤혹을 치르고 있는 동안 일본은 타일랜드의 방콕에서 미얀마의 국경선을 연결하는 철도 425km를 전년도 12월 25일 개통시킨 뒤 일본 군부에서는 다시 미얀마 북부의 인도와 접경 지대 공략을 위해 '임팔작전'을 은밀하게 구상하고 있었다.

용수 쓴 죄인

나는 스즈끼 군조를 따라 해군 군법 검찰청으로 갔다.

스즈끼는 간수(교도관)에게 내 신병을 인계하고 돌아갔다.

이시가와라는 이름표를 단 간수의 안내로 임시 유치장 같은 방에 있기를 한 시간 남짓 지나서였다.

다시 이시가와에게 이끌려 법무관 앞으로 나갔다.

이름은 구라디미찌오라고 했다.

그는 헌병대에서 넘어온 서류를 뒤적이다가 힐끔 나에게 시선을 던졌다. 그리곤 말했다.

"네가 요시야마냐?"

"네."

"너 아주 잘 생겼구나! 됐다. 거기 앉아라."

이 절차가 다른 법무관에게 신고하는 것이나 다름없는 절차였다.

나는 이시가와에게 끌려 다시 먼젓번 유치장 옆에 있는 허름한 건물로 갔다. 그리고 그는 헌병대에서 한 것처럼 혁대와 군화를 벗기고 허름한 고무신을 내주었다.

이른바 미결수 방이다. 재판 받기 위해 미결수들이 머무는 방. 밝은 곳에 있다가 방안으로 들어오니 어두웠다. 자세히 보니 저 안쪽으로 몇 사람인가 있음이 느껴졌다.

누군가 말을 건네왔다.

"왜 들어왔느냐?"

"국사범 간첩죄요."

큰 소리로 외치다시피 말했다.

순간 모두가 귀를 쫑긋 하는 것 같았다. 듣기 드문 죄이기에……

"스파이죄라고? 너는 보나마나 사형이나 아니면 무기 징역일 거야."

아까 물은 자가 제멋대로 재판을 하는 것이었다.

'병신 육갑하네. 나는 죄짓지 않았으니깐 너보다 먼저 나간다. 알지도 못하고 까불어대기는……'

혼자 속으로 자위를 하면서도 그의 말대로 스파이죄이니 사형이나 무기징역 받는 것이 옳을지도 모른다고 생각되었다. 사사끼는 나를 안심시키려고 그렇게 말한 것일 터이고.

나는 다시 한 번 생각해 봤다. 스파이죄가 정말 성립될까? 조선의 내정·동정을 탐지하여 보고하는 사람이 간첩, 스파이인데 내가 누구에게 보고했다는 말인가?

아무리 생각해도 죄가 될 것 같지는 않았다.

부대에서 검열도장 안 맡고 훔쳐 찍은 것이 죄가 된다면 될지 몰라도 사형은 아닐 것이고, 스파이죄는 얼토당토 않은 죄다.

온갖 생각으로 엎치락 뒷치락 하고 있을 때 이시가와가 나를 불러냈다. 문 밖에는 어둠이 기다리고 있었다.

이시가와는 준비해 온 포승으로 내 손을 단단히 묶고 용수까지 씌우고는 앞에 있는 트럭에 오르라고 했다.

'이삼일 뒤면 풀린다고 하더니 이게 뭐야. 갈수록 태산이니…….'

나는 올라탔다. 헌병대에 와서 한달 남짓 있으면서 포승도 안 당해 보고 용수란 생각지도 않았는데 용수 쓴 죄인이라니 그저 기가 막힐 뿐이었다. 그리고 불안은 더해만 갔다.

트럭이 움직일 때마다 손이 묶였기에 제대로 움직일 수 없어 굼벵이처럼 꿈틀대기만 했다. 한참을 달리던 트럭은 어디론가 모를 곳에 멈춰섰다.

이시가와가 내리라고 말했다.

트럭에서 내리면서 앞을 보니 희끄무레한 불빛 아래 '해군형무소'라고 쓴 간판이 내 눈에 들어와 소름이 끼쳤다.

이시가와는 빨리 들어가라고 소리쳤다.

'이제 완전히 사정이 달라졌구나!'

이사가와는 서류를 한 사람에게 건네주고 들어온 문으로 다시 나가 버렸다. 인계를 받은 간수 하나가 달려들더니 무조건 주먹으로 때리고 발로 차는 것이었다.

정신 없이 허벌나게 한참을 맞았다.

눈을 뜨고 보니 세 놈이나 되었다. 놈들은 숨이 차는지 식식거리고 있었다. 이것이 간수에 대한 신참례라고 했다.

죄도 묻지 않고 콩타작하듯 때리고 차고 하니 눈 앞에서 별똥별만 무수히 떨어지고 있었다. 도살장에 들어간 소도 그렇게는 맞지 않으리라.

아마도 헌병대에서 안 맞은 매를 여기서 곱으로 맞는 것이구나 하고 생각을 다져 먹었다.

내 죄, 스파이죄는 이미 형무소에 다 퍼진 듯 이 놈 저 놈이 나를 알현하러 왔는지, 와서는 한 마디씩 거들곤 한 대씩 선물로 주고 갔다.

높은 듯한 놈, 간수장이란 놈의 명령이 떨어지니 정말 볼 만했다.

"성전을 치르는 천황의 신민 군대로서 이런 초비상시국에 이런 곳에 들어오는 녀석은 다 죽여도 좋다. 조센징노 야쓰! 신데모요이. 나굿데야례 (조선놈의 새끼, 죽어도 좋다. 실컷 패주어라!)."

우르르 몰려들어 한두 대씩 골통에 정강이에 목에 얼굴에 가슴에 배에 엉덩이에 손등에 닥치는 대로 선물을 남긴다.

매소나기라고 해둘까? 나중에 안 일이지만 이런 것은 으레 절차로 어디에나 있는데 유독 이곳 해군형무소는 심하다는 것이었다.

이로써 감방 밖에서의 신고식은 마친 셈인지 모르나 간수 한 놈이 포승을 풀고 용수를 벗기더니 나에게 옷을 벗으라고 했다.

내가 아파 오고 부어오르는 몸을 가누면서 옷을 벗으니 옆에 있는 저울 위로 올라가라는 것이었다.

체중을 재기 위해서였다. 내려서자 한 놈이 적었다. 푸르뎅뎅한 미결수들이 입는 옷을 입으라면서 손바닥만한 손수건 한 장과 누런 화장지 한 웅큼을 주었다.

다시 따라오라고 손짓했다. 문에 붙어 있는 생활 안내문을 보지 않고도 외울 수 있을 때까지 외우라는 것이었다.

나는 이 형무소 내 준수사항을 마음 속으로 열심히 외울 것을 마음 먹었다.

간수놈은 '23호' 라는 표찰이 붙은 방 앞에 서는 것이었다. 앞에 섰던 간수 하나가 그에게 경례를 붙였다.

'이놈이 보다 높은가 보다.'

"이 자식 센징, 신참이다. 생활 규칙을 잘 가르쳐 줘라!"

그 놈에게 명령했다.

"신발 들고 들어가라!"

그놈은 궁둥이를 찬다. 들어서니 대여섯 사람이 있었다.

신발을 다른 것과 나란히 놓고 앉자마자 험악하게 생긴 방 어른(?)이 물어왔다.

"무슨 죄로 여기 왔냐?"

나는 당황했다.

엉거주춤하고 서 있는데 이런 질문이 날아드니 당황할 수밖에…….

생활 준수사항에는 자기 죄상을 남에게 말하지 말라고 했으니 어쩌지 하고 망설이고 있는데 벼락이 떨어졌다.

"여기 와서 반듯이 서서 신고를 하라!"

순간 눈가에 번갯불이 번쩍 하고 지나갔다.

밖에서 당한 신고식을 여기서도 해야만 할 것이라는 생각이 들었다.

"이름은 요시야마 메이쇼구, 신고합니다. 국사범 간첩죄로 이곳에 왔습니다."

나는 간첩죄를 힘있게 강조했다.

"뭐라고 간첩죄! 스파이라고…? 사형감이군, 아니면 무기징역이다."

여기서도 재판을 먼저 해주었다.

"그러면 센징, 그것은 그렇고 진주만 폭격은 아니냐? 한번 말해 보아라."

처음 듣는 진주만 폭격이라 떠듬떠듬 알고는 있었으나 내가 간첩이라니 다른 뉴스를 듣고 싶은 것일까? 나는 '모릅니다' 하고 시치미를 뗐다.

잘못이었다. 놈들이 말하는 진주만 폭격이란 기합을 말하는 것이었다.

나는 맞을 매를 청하면서 그게 뭐냐고 물었다.

"자식, 그것도 몰라! 머리 마룻바닥에 박고 손 뒤로 돌려

긴 채 돌란 말얏!"

　명령인가 싶더니 후들 후들 떨고 있는 발을 걷어찼다. 나는 빙그르르 힘없이 나둥그러졌다. 엎어진 나에게 이곳 저곳에서 발길질에 주먹이 날아왔다.

　맞는 것도 그렇지만 사세호에서나 오무라에서, 또 이시하야에서 두어 번 듣던 조센징이라는 말이 이곳에서도 말끝마다 튀어나왔다.

　아닌 게 아니라 이 안에서는 나 혼자만 조선 사람이었기에 민족 차별 또한 극심했다.

　그놈의 진주만 폭격이 잘 될 리 없다.

　자빠졌다.

　또 한 번 했다.

　다시 했다.

　또 엎어졌다.

　또 했다.

　잘 될 턱이 없다.

　계속된 긴장, 허기, 구타 등으로 건강한 신참도 기진맥진할 지경에 나도 마침내 쓰러지고 말았다.

　얼마나 지났을까?

　아침이 왔으나 온몸이 쑤시고 저려 오면서 열이 올랐다.

　"야 센징, 너 일어났구나! 우리 다시 진주만 폭격을 시작해야지? 우리 일본의 가장 큰 자랑이니……. 너 센징도 이것만은 잘해야 한다. 알았냐!"

　다시 진주만 폭격을 시켰다. 못한다고, 아파서 못 한다고 사정했으나 이런 말이 통할 턱이 없다.

나는 매타작을 면해 보려고 한 번 시도해 보았다. 머리를 세운 채로 허리를 굽혀 마루에 댔다. 손을 등뒤로 올리려 했으나 맞은 탓으로 돌아가지 않는다. 아픔을 참고 두 손 돌려 깍지를 꼈다.

그리고 돌았다. 천천히 돌았다. 빨리 돌라고 발길이 날아왔다.

일어나서 다시 했다. 정말 검은 빛으로 멍든 몸이 잘 말을 듣지 않는다.

아침 세수 시간이 나를 살렸다.

우르르 몰려 나갔다. 나는 세수고 뭐고 눕고만 싶었다.

함부로 누울 수도 없었다. 어젯밤 잠결에 들은 어른(실장님이라고 불렀다)들이 하는 말대로라면 내 잠자리는 방 구석쪽에 있는 변소간 옆이었다. 선임자들에게 오가며 방해가 안 되도록 그 쪽에 가서 조금 누워 보았다. 등어리가 쑤셔서 눕는 것도 편하지 않았다.

진주만 폭격으로 단련되지 않은 허리가 자꾸만 아려오니 껍질이 벗겨졌는지도 모를 일이었다.

설핏 잠이 든 것 같았다. 고향 집 큰방의 뜨뜻한 구들장으로 알고 잠이 들었다. 꿈을 꾸었다.

집안에는 아무도 없는 듯했다. 이상했다. 나간 집 같았다.

집안 식구가 없다는 말인가? 어머니는 어디 가시고…….

나는 '어머니―!' 하고 불렀다.

순간 벼락 같은 소리와 머리위로 발가락이 날라와 눈을 떴다.

"야, 이 새끼 봐라, 잠을 자고 있네. 일어나, 센징노야쓰(조선놈의 자식)!"

개새끼 취급, 아니 개새끼보다 더한 취급이었다.

'이 호랑이 아가리를 언제 벗어날지 아득하구나!'

기막힌 것은 밥이 오면 나에게 벽을 보고 앉아 꼼짝 하지 말라는 것이었다.

밥이라는 것이 어떻게 생겼는지 선도 보이지 않고 저희끼리 먹어 치우고 밥을 먹게 해주지를 않았다. 여기 저기 맞은 아픔도 그렇지만 배고픔은 더 견디기 어려웠다.

다섯 명의 일본 놈에 한 명의 조선 사람이니 고양이 떼 속의 쥐새끼 신세라고나 할까?

거쳐 오면서 주워 들은 상식이지만 감방 초년생의 신고식은 우리들의 건전한 상식을 뛰어넘고 있었다.

감방 생활이란 아침 먹고 나면 앉아서 잡담을 하거나 무용담을 하면서 점심을 기다리고 또 노닥거리다가 저녁을 먹고 잠을 자고, 날이 새면 손바닥만한 공터에 나가 운동을 하고 들어오고…….

이것이 전부였다. 여기에 신참이 들어오는 날 경사가 벌어지고 모두에게 생기가 돌았다.

나처럼 진주만 폭격으로부터 한 마디 하고 때리고, 한 마디 하고 차고, 굶주린 이리떼에게 새끼 토끼를 던져 준 꼴이니 말이다.

가지고 노는 장난감이 되어줘야 한다. 실장 이불 개고 깔고 하는 것은 물론, 식기에 변기통도 청소를 도맡아 해야 하는 고달픈 몸이 된다. 그래 그것도 약과라 한다.

심한 실장을 만나면 밤자리에 동무를 해줘야 조상이 편하다. 웬만한 놈이라면 여자 곁에서 자본 지가 언젠지 모른다.

잘 먹었건 못 먹었건 무골장군인 그 놈이 때론 불끈 불끈서서 텐트를 쳐대며 칭얼대면 신참의 똥구멍은 이 놈을 잘 받아 모셔야 한다. 적은 구멍에 팔뚝 같은 그놈을 쑤셔박고, 찢어지면서 피가 나오는 그 아픔을 소리 한 번 제대로 내지 못한 채 감사히 받아줘야 조상이 편하다 했다.

또 이런 선물도 있었다. 잔뜩 부풀어 오른 푸르뎅뎅한 그 놈을 입안에 들이밀어 넣고는 잘 받아 핥으라는 명령이다.

여느 사람처럼 자주 씻었다면 그래도 덜한데 온갖 때에 몽둥이 끝 부분에 몰려 있는 정액 찌꺼기는 보기만 해도 구역질이 절로 난다.

이것을 입 속에 한 입 받아 넣고 말끔히 닦으라는 별난 명령!

매에 무서워, 신참이라는 늦게 온 죄 탓으로 명령에 복종해야 한다. 나이, 사회적 지위는 불문이다. 명령에 복종을 충실히 하다 보면 때와 장소도 못 가리는 이 놈은 고마움을 대신해 하얗고 끈적끈적한 밀크로 한 입 넘치게 쏟아낸다. 그와 함께 실장은 괴성을 질러대며 목안 깊숙이 그 놈을 말뚝 박듯이 쑤셔 박는다.

오살 육시하게도 오래 오래 끌면서 그놈의 비릿한 우유를 계속 쏟아 붓는다. 오랫동안 쌓인 것을 오늘 한꺼번에 쏟아내려는 태세다.

드디어 사지를 축 늘어뜨리면서 닦으라고 명령한다. 수건으로 정성스레 닦아준다.

이런 명령은 신참이 올 때까지 되풀이 된다. 이것이 실장님 방의 생활 지침이다.

앞서 말한 엉덩이 ×구멍 진상이 1급 선물이라면 입으로 닦아드림은 2급이고, 가장 편안한 것은 실장님 나리의 몽둥이를 손으로 운동시켜 드리는 것이다.

일명 마스터베이션을 말하며, 청소년기의 동남들이 만나면 서로 흔히 하는 자위행위다. 이것 역시 실장 앞에 무릎 꿇고 앉아서 정성스레 두 손을 번갈아 가며 용두질쳐야 한다.

이 때도 규칙이 있다. 더러운 손으로는 해서는 안 된다. 깨끗이 씻은 손이어야 한다. 오른손으로 하고 나서 왼손으로 해야 한다. 좌우 횟수가 똑같아야 한다. 똑같아야만 배출되는 우유의 양이 처음이나 끝이나 같다는 것이다.

누가 처음이나 끝에 나오는 양을 재어보았는지 모를 일이지만 이렇게 3, 2, 1단계나 1, 2, 3의 단계를 무사히 끝낼 때면 대개 신참인 후배가 들어온다. 여기 들어오면 지위도 계급도 힘셈도 대장군도 실장 명령에 절대 복종해야 한다는 불문율만 존재하기에 기왕 썩을 몸이라면 실장 되기를 학수고대한다.

이런 저런 사정으로 재판을 쉽게 받지 못하거나 항소·상고를 하게 되면 차츰 후참자도 늘어나 대우받게 되지만, 어떤 놈은 오래 미결수로만 있기를 바란다고 했다.

오래 있다 보면 언젠가는 실장이 된다는 희망으로 산다고 해도 틀린 말은 아니다.

국사범 아닌 경제 사범이라 해도 감방의 실장에게는 면회 뒤에 들어오는 차입 물자에 따라 신고의 경중도 정해진다.

정말, 감방살이는 하루하루가 따분하고 지루하다는 것. 남을 못 살게 괴롭히는 것으로 자기의 무료함을 즐거움이나 소일거리로 삼는다지만 진주만 폭격을 충분히 수습한 나는 정말 하루하루 보내기가 지루하다 못해 미칠 것만 같았다.

그저 하루 종일 무릎을 꿇고 문 앞쪽만 바라보아야만 하기에 실장을 위한 1급 동작이라도 해야 살 것만 같았다.

그렇지 않고 무릎꿇고 앉아 한 마디 말이라도 할라치면 매가 기다리고 있었다.

생으로 벙어리가 되어야 했다. 이럭 저럭 며칠이 가면서 조금씩은 실장의 눈에 들었는지 국물만 마시게 하던 시집살이가 풀렸다. 사실, 덕대 큰 도적놈같이 생긴 이 놈의 머리 속에는 아무것도 들어있지 않음을 알았으나 하라는 대로 한 덕인지 조금은 자유를 주기에 고마웠다.

밥도 내 것을 먹을 수 있으니 살 만했다.

모든 것이 적은 나라가 미국·영국 같은 큰 나라들과 싸움을 하자니 사람들도 물자도 딸려서 죽을 지경임은 보고 듣지 않아도 충분히 알 수 있었다. 밥이라고 주는 것도 보리쌀에 콩을 섞은 것은 고급이고, 콩깻묵 밥이 늘상 나왔는데 양이라도 많으면 좋으련만 배고프게 주고 있기에 항상 거지가 입가에 맴돌고 있었다.

또 취침 시간에도 담요 석 장을 가지고 자루같이 둘둘 말아 그 속에 들어가 누워야 했다.

대체 이런 생활을 얼마나 해야 할지 궁금했다.

'사사끼는 조금만 고생하면 된다고 했는데, 죄 없으니 곧 나가게 될 것이라고 분명히 말했는데……'

어쨌거나 이렇게 죽지 못하고 살아간 지도 몇 주일이 되었다. 뭣 때문인지 나를 한 번도 불러내지 않는다.

죽이든지 살리든지 어떤 쪽으로든지 빨리 결판이 났으면 좋겠다는 생각뿐이었다.

행여 법무관 앞에 나가 조사받을 때 '검열제' 도장건을 물으면 어떻게 대답할까 걱정도 생겨났다.

사사끼 앞에서는 고문에 못 이겨 사실대로 말한 것은 아닌지, 그것도 모르고 내가 사실대로 이야기 한다면 그 결과는 어떻게 될지(?) 문 형과 입맞춤도 못했으니 조사받았다면 무슨 죄를 받고 어디서 나 같은 감방신세나 지고 있지는 않은지 궁금하기만 했다.

정말, 무슨 말보다 문 형에게 미안할 뿐이었다. 나 때문에 고통받는 그에게 미안한 마음을 갖고 하루 하루를 보냈다.

이곳 해군형무소에 온 지도 한 달이 넘었다.

분명하게 말해 1944년 4월 초 어느 날, 오후 2시경이었다.

간수가 나를 불렀다.

"요시야마 메이쇼구!"

"예."

"너는 오늘부터 기소유예로 석방이다."

순간 정신이 번쩍 났다.

'재판 한 번 받지 않고 기소유예로 석방이라니?……'

나도 모르게 중얼거리며 못내 기쁨을 감출 수가 없었다. 정말이지 꿈만 같았다.

기뻤다. 한없이 기쁘기만 했다.

덩실 덩실 춤이라도 추고 싶은 심정이었다.

열려진 문을 쫓기듯 미친 듯이 뛰어나가 내주는 옷을 부리나케 갈아입었다.

그리고 간수를 따라 형무소 소장실을 향했다. 형무소 소장실로 가는 나의 발걸음은 날기라도 하는 것처럼 그렇게 가벼울 수가 없었다.

나를 본 소장은 반기면서 부드럽게 한 마디 당부의 말을 했다.

"너는 오늘 이 형무소를 나가게 된다. 그동안 너의 석방을 위하여 사사끼 고죠와 나가노겐지 대좌 노무주임의 힘이 컸다. 나가거든 두 분께 꼭 인사드리도록 해라. 그리고 구리다 법무관에게도 인사드리고……"

"네. 꼭 그렇게 하겠습니다. 정말 제가 수감되어 있는 동안 많은 심려를 끼쳐 드렸음을 용서해 주십시오. 안녕히 계십시오."

나는 진심으로 허리를 깊이 숙이면서 연신 고마운 마음을 나타내고는 형무소 밖으로 나왔다.

하늘은 구름 한 점 없이 푸른 속살을 내보이며 빛나고 있었다.

이 날은 1944년 4월 17일이라고 기억된다.

이 무렵 일본의 전황은 말이 아니었다.

한 마디로 남양군도로 내려간 일본군들은 미·영 연합군에게 가는 곳마다 쫓기고 있었다.

물량을 자랑하는 미·영 연합군에게 대응할 돈이 없었다. 초반에 싱가포르, 말레이지아, 자바섬의 무혈 입성(?)으로 카달카날, 앗츠, 부나단을 다시 내놓아야 할 지경에 이르자 일본군은 눈에 띄게 물량이 줄어들어갔다. 자꾸만 군수품, 보급품을 보내라는 SOS전통이 도쿄로 날아들고 있었다.

치명적인 소식이 일본 천지를 슬픔에 젖어들게 하고 있었다.

사이판―.

태평양의 방파제였다.

수마트라 섬을 점령한 연합군은 1944년 2월 14일 태평양의 트럭섬에 상륙, 일본군의 연합함대 기지를 들쑤셔 세계 최대의 전함이라고 자랑하던 '무사시노(武藏野)'와 '야

마또(大和)' 전함, 순양함 등을 비롯하여 수십 척을 박살
내고 말았다.

사이판에서의 물량 없는 악전 고투는 6개월 가까이 계속
되고 있었다.

5월 상순 사이또마루에 탔던 관동군 4천 명이 몰사(수
장)했다.

사이판의 마지막 날 해안 일대는 핏빛으로 물들었고 4천
여 명의 시체가 뒹굴고 있었다고 전사(戰史)에서는 말하고
있다.

더욱이 내가 형무소(교도소)에서 나올 무렵 남양군도 부
라운 환초에서는 나처럼 징용자로 끌려가 비행장 건설 작
업에 강제 동원됐던 조선 사람 징용자 2,253명이 미군의
폭격으로 몰사했다고 우리들 사이에서 수런거리고 있었
다.

이런 극한 상황, 초긴장 비상시국 아래에서 사사끼나 나
가노 같은 나리들(?)이 나에게 이토록 관대한 은전을 주었
으니 그저 고마워 눈물이 나올 지경이었다.

전쟁에 지는 일본 사람들이 조선 사람들에게 화풀이라도
할 만한데…….

천황 폐하가 베푸는 은전으로 알고 나는 거듭 거듭 충성
을 다짐해 두었다. 친일파 근성이 있었다고 말해야 되는
걸까(?)

아니다. 나 아닌 누구라도 그들이 마음만 먹으면 '나 같
은 건 죽이고도 남을 텐데……' 하고 생각될 때 무슨 짓이

라도 하리라는 계산이 앞선다.

　내 판단이 잘못일까? 손꼽아 헤아려 본다.

　이사하야에서 헌병대, 다시 해군형무소.

　1944년 1월 2일에서 4월 13일, 꼬박 3개월 10일 만의 일이었다.

　오랜만에 제대로 맛보는 바람은 정말 새로워 배부르게 맘껏 들이마셨다. 어쨌건 나는 억세게 재수 좋은 놈이라는 생각이 머리 속을 떠나지 않았다.

총알받이

휘청거리는 걸음으로나마 살아나서 땅을 걷는 것이 꿈만 같았다.

사세호 시가지를 걷고 있었다.

어느 이국 미지의 땅에라도 온 듯 천지가 모두 새것 아니, 내 것 같은 생각도 들었다.

노무주임이 보낸 이시이(石井)란 경무와 정거장 쪽으로 걸어갔다. 식당 앞을 지나치려 할 때, 유리창 쪽으로 보이는 김이 무럭 무럭나는 국밥이 먹고 싶었다.

"우리 저 식당에 가서 밥 사먹고 갑시다. 맛있어 보이는 데요."

나는 이시이에게 이렇게 말하고 나자 지난 석 달 동안 겪어 본 배고픔이 악몽처럼 스쳐 지나갔다.

우리는 식당에 들어갔다.

10원짜리 가끼우동(가락국수)을 시켜 단숨에 다섯 그릇을 먹어치웠다. 그야말로 게눈 감추듯 먹어치웠다.

"실컷 배부르게 먹어라. 배가 몹시 고팠었구나! 고생 많았겠구나!"

이시이의 말을 들으며 나는 계속 먹어댔다.

헌병대나 형무소의 말대로라면 나는 억지 국사범이나 억지 간첩죄를 진 사상범이었기에 심적으로 더 많은 고통을 준 것인지도 모른다.

우리는 식사를 마친 뒤 차를 타고 해군 본부의 사무실에 들러 구리다 법무관에게 허리가 휘도록 감사한 마음을 안고 절을 했다.

"여러 가지로 염려해 주셔서 감사합니다. 정말 이 은혜 무엇으로 보답해야 좋을지 모르겠습니다."

"이젠 아무 생각 말고 일이나 열심히 해. 우리 일본을 위하여 열심히 해주게. 그리고 나가노겐지 노무주임에게도 꼭 찾아가 인사드릴 것을 잊지 말게……"

구리다 법무관은 점잖게 타이르고 있었다.

나는 진심으로 그의 아름다운 마음에 감사드리며 다시 인사를 하고 뒤돌아 나왔다.

등뒤로 구리다의 당부의 목소리가 다시 들려 왔다.

"이젠 다시는 그런 편지 같은 건 쓰지 말고 진충보국의 길이나 찾도록 하게."

몇 발짝을 걸었을까 저쪽에서 경무와 호리이 사감이 오

고 있었다.

"뜻밖에 폐를 끼치게 되어 죄송합니다. 용서해 주십시오. 노무주임에게 들러 인사하고 사감님께 인사드리려던 참인데 여기서 뵙게 됐군요. 전시하에 불충스런 편지로 소란을 피워 죄송합니다. 차후론 이런 일 없을 것입니다. 안심하십시오."

"그래, 수고했다. 나가노 주임에게는 내일 가기로 하고 이만 숙소로 가 쉬어라. 모두들 기다리고 있을 것이다."

나는 곧바로 숙소로 갔다.

내가 들어서자, 우리 징용자들이 앞을 다투어 나서며 나를 얼싸안고 기뻐서 어쩔 줄을 몰라했다.

1944년 4월 17일.

이 날은 나에게는 재생의 날이었다.

정말이지 조국의 고향 땅도 밟아 보지 못하고 형장의 이슬로 사라질 뻔했던 아슬아슬한 운명에서 벗어난 재생의 날이기도 했다.

남양군도의 전세도 불리해져만 가고 있는 이때 조선놈 징용자 하나, 불충한 사상을 가진 놈 하나 죽이는 것은 일도 아니었다. 도장을 훔친 것도 절도죄로 형을 주어 죽여도 문제될 것은 없었으니 말이다. 또한 덮어 씌우면 큰 죄가 될 수도 있었으니…….

"남양군도에서도 이 섬 저 섬에서 손을 들었고, 타일랜드에서 벌렸다는 뭐라는 작전도, 일본의 무슨 사령관이라더라. 그 사람이 죽고 누구는 포로가 되어 잡혀가고 이런 난리통 속에 간첩죄를 받은 최 형이 살아왔다니 정말 고향에 명당 잘 썼는가 뵈네. 하긴 여기도 안심할 곳은 못 돼. B29 비행기가 던져 주는 선물을 모두 받게 될 것이라는 말도 떠도는 판국이지."

징용자 중에서 신형두가 말을 잠깐 멈추었다가 좌우를 살펴보고 나서 다시 계속했다.

"그리고 일본군은 자꾸만 떼죽음을 당하고 있어. 이젠 싸울 군인이 없다는 거야. 아마 이곳의 우리들도 총알받이로 남양군도의 어느 싸움판에 내몰릴지도 몰라. 잘은 모르지만……."

"아니 뭐라구? 이젠 늙다리 우리 징용자도 남양의 어느 전쟁터로 내쫓을지 모른다구?"

나도 모르게 그에게 되물었다.

"총알받이로! 이래서 나를 살려 주었는지도 모르겠군! 충실한 총알받이가 되라고. 어쨌든 살았으니 복 많은 목숨이니……. 살려준 값은 해야 할 판이니……."

오랜만에 웃음 같은 웃음을 웃을 수 있었다.

"정말 그럴지도 모르지."

"총알받이 되기는 싫은데, 왜 죽어. 일본을 위해서 왜 죽냐! 안 될 말이지."

생각나는 대로 주고 받았다.

그의 눈가에는 무언가 모를 비밀이 잠겨 있는 듯 보였다.

아마 신형두, 그가 바라본 내 얼굴에서도 무언가 말하기 어려운 비밀이 어리고 있음을 보았으리라. 아니, 본 듯 느껴졌다. 이런 것을 이심전심이라 하던가.

하지만 일본의 이런 간계가 채 아물기도 전에 우리들 말대로 남양군도 쪽으로 내몰려야 했다. 일본은 사람이 모자라 인해전술이 아니라 하더라도 논 속의 허수아비라도 끌어 내어 싸움판에 내세울 판이었다.

남양군도로

그 날 밤 우리 숙소 안에서는 우리끼리의 잔치가 벌어졌다. 고맙게도 살아 돌아온 나를 축하해 주기 위해서였다.

나와 신형두 반장에 이대영, 그리고 우리 반 식구들이 모두 그동안 모아 둔 과자, 술, 밀감, 담배를 내놓아 그런대로 푸짐한 잔치상이 차려졌다.

나는 여기 저기서 권하는 잔을 받아 마시다 보니 오랜만에 과식, 과음을 하게 되었다. 그 대답은 바로 이어졌다. 착실치 못한 내 장 속에 과식, 과음은 날벼락이 아닐 수 없었다.

조금 있으려니까 호출(?)이 있었다. 변소에 가려는데 도착하기 전에 일은 벌어지고 말았다.

바지 가랑이에 주룩주룩 소나기가 쏟아졌다.

그 날 이후 나는 의무실의 신세까지 졌다. 이틀 낮밤 약을 정성들여 먹고 나니 내 창자가 제대로 돌아 앉았다. 배아픈 고비를 넘기고 나자 정말 큰 일이 떠억 버티고 있었다.

'어떻게 해도 빠져 나갈 구멍은 없었으니……'

우리 징용자 전원이 외지(?)로 이동하게 되었다고 신 반장이 본부에서 듣고 와서 전달했다. 일본이 아닌 외국인데 아마 남양군도로 가게 될 것이라고 했다.

이 말대로 정말 남양군도로 가면 전투에 참가해서 총알받이가 되든지, 아니면 거기에 가서 항구를 만들든지, 비행장을 닦든지, 신 반장도 몰랐다. 벌써 숙소 안팎으로는 조그맣게 소동이 일고 있었다.

정확한 이동명령은 아니지만 우리들은 너나없이 떠날 준비를 서두르고 있었다.

삼일 뒤 전출명령이 떨어졌다. 남양군도에 가면 더워서 두꺼운 옷은 필요없다고 했다. 이 말대로 간단하게 러닝셔츠에 팬티, 치약, 칫솔, 수건, 비누만 싸두면 된다고 본부에서 지도해 주었다.

드디어 1944년 4월 23일.

우리 300여 명 모두는 임시숙소가 있다는 다이도로 갔다.

여기 다이도 숙소에서 5분쯤 걸어가면 군함들이 정박해 있다.

다이도는 일본군의 병력이 남쪽으로 오가면서 하루나 이

틀을 머물다 가는 임시 수용소였다. 임시 숙소 주변에 나도는 말을 종합해 보면 이러했다.

우리는 총알받이가 되는 총 들고 전투에 참가하는 것이 아니고 전투를 능률적으로 신속하게 수행할 수 있도록 하기 위해서 노동을 제공해야 한다는 것이었다. 다시 말해 병력·병기·병참물 등이 빨리 이동할 수 있도록 다리를 놓거나 선착장을 만들거나 비행장을 닦는 일을 하게 된다는 것이었다.

나중에 들은 이야기이지만 미국·영국의 물량공세는 놀라웠다.

큰 군함에서 남양군도의 섬에 수만 명의 군인들을 쏟아내고 수송선에서는 산더미 같은 군수품·병참물을 해변가에 쌓아놓아 밤낮으로 흥청망청 비틀거리고 있었다.

이들이 가는 곳마다 환락의 거리가 생겨나 정말 이들이 전쟁하는 나라의 전투 군인인가 의심할 지경이라고 했다.

더욱 기막힌 것은 우리 몇백 명의 징용자들이 죽을 둥 살 둥 흙 퍼다 부어가면서 몇 달씩 걸려 만드는 비행장을 그들은 정글 속의 나무를 지상에서 적당히 자르고 그 위에 구멍이 뻥뻥 뚫린 철판을 깔아 일본군이 바라보는 눈 앞에서 활주로를 만들고 그 위에 전투기, 수송기가 연신 뜨고 날은다고 했다.

이런 말들은 우리 모두에게 앞으로 펼쳐질 우리의 운명을 예견해 주는 것 같기도 했다.

6개월의 호강

전황이 급박해짐에 따라 인력 수송이 절박했음에도 우리를 싣고 갈 배가 없어서 허송세월(?)을 보내야만 했다.

일주일이 되던 날, 오후 3시경이었다.

출발명령이 떨어졌다.

이 때가 1944년 4월 말. 우리는 반별로 정렬을 했다.

트럭이 줄이어 들어오더니 우리를 실어다 다이도 부두에 내려놓았다.

우리는 백명씩 반을 짜서 조그만 전마선을 타고 바다 안으로 나아가 큰 배를 탔다.

허겁지겁 배를 타고 보니 어디선가 많이 본 낯익은 배였다. 다른 배가 아닌 바로 그 기미가와마루였다.

부산에서 우리를 이 땅에 실어 나른 악연(?) 깊은 배였기에 또 다시 악연이 있어 우리를 싣고 남양으로 가는지 모르나 얄궂은 만남임은 틀림없었다.

'반갑다고나 할까? 미웁다고나 할까?'

선장은 그 때의 그 선장이 아니고 바뀌어 있었다. 주위가 어둠으로 덮인 밤 10시쯤이 되어서야 출발했다.

어느 곳에서 어떻게 우리를 맞이해 줄지 모르고 배는 칠흑의 바다 속으로 자꾸만 기어들고 있었다.

배가 움직이기 시작한 지 한 시간이 지났을까 말까. 잠처럼 무정한 것은 없는 법인지 그동안 가져왔고 앞으로도 풀릴 날을 기약키 어려운 초조·불안·긴장이 덮쳤지만 쏟아지는 잠 앞에 우리는 어쩔 수 없었다.

벌써 선실 이곳 저곳에서 심심치 않게 코고는 소리가 뱃속을 울려댄다. 나 역시 꿈 속에서 어릴 적 고향의 봄 동산 속을 거닐고 있었다.

개나리, 진달래에 앙상한 풀 나무에도 푸른 싹들이 눈을 트고 하늘에는 하얀 구름이 오색궁전을 짓다가 이내 험상 궂은 마당귀신으로 바뀌다가 다시 백설공주로 나타나던 내 고향 집, 산과 들, 그리고 하늘…….

나는 백마 탄 기사가 되면서 시름 없는 잠의 노예가 되다가 수런거리며 불어대는 호루라기 소리에 발딱 일어나 새날의 새 아침을 맞이하였다.

갑판 쪽으로 올라가 보았다.

작은 배들이 닿아 있는 해변가 저쪽 뒤로는 수없이 많은 굴뚝들이 시커먼 연기를 마구 쏟아내고 있었다.

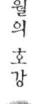

이곳이 일본 제철공업지대로 제일 간다고 자랑하는 야하다제철소 앞이라고 말해 주었다

이곳에서 대기했다가 다른 배에서 오는 사람들과 선단을 짜가지고 현지로 떠난다는 것이었다.

한 척씩 모여드는 배를 기다리기 시작한 지 닷새째 되는 날, 바다 가득한 큰 배들이 진을 치고 있었다. 명령이 떨어졌다.

이젠 드디어 남양군도 행인가 싶었다.

한데 우리의 생각은 빗나가고 있었다. 우리가 모여드는 이곳 물 위에서는 '남양 진출 용사 위문공연'이라는 플래카드가 바람에 얹혀 춤을 추고 있었다.

'한 시, 한 사람이 급하다는 판국에 위문공연이라니…… . 가면 영영 돌아오지 못하고 남양군도 어느 섬의 귀신이 될 것을 미안히 생각하여 마지막 베푸는 선심인가…… . 물고기밥이 될지도 몰라서…(?).'

층층걸이 나무쪽 의자에는 줄잡아 500여 명의 징용자들이 잠깐이나마 객수를 달래려는 마음으로 앉아 있었다.

앞쪽 무대와 그 밑에는 7·80명 가량의 일본 기모노를 걸친 아가씨들이 웅성대고 있었다.

누군가가 저 아가씨들은 연예인 소질 있어 공장이나 사무실에서 뽑혀 온 사람들이라고 했다.

이른바 급조된 연예인단인 셈이다.

연예대회는 개회사에 이어 기미가요, 그리고 묵념, 도호요하이, 동쪽에 계시는 천황 폐하의 만수무강을 비는 뜻으

로 하는 허리 많이 굽히는 인사에 이어 별을 어깨에 잔뜩 달고 가슴 가득히 훈장을 단 높은 사람(이름은 기억나지 않지만)의 정신 훈화가 있었다.

정말로 기막힌(?) 훈화였다.

"…에…또… 에…, 지금 우리 황국 일본은 누란의 위기에 처해 있다. 에… 또… 저 기찌쿠베이에이 게끼메쓰(귀축 미영 격멸, 즉 짐승이나 귀신 같은 못되고 나쁜 미국과 영국놈들 격멸이라는 뜻) 정신을 항상 갖고 살도록 조선 사람에게도 강요하고 있었지만, 무지막지한 공격으로 우리 황국 신민, 천황 폐하의 적자(아들이라는 뜻)들이 지금 남양의 섬 이곳 저곳에서 죽어가고 있다. 지난 3월 13일에는 너희들도 아는 바와 같이 남방 연합함대 사령관 고가미네이찌 대장이 전사했고 우리 황국군의 최후의 한 사람까지 남아서 지키려는 교쿠사이(玉碎) 정신을 강조한다."

오직 천황 폐하만을 위하여 죽겠다는 신념이나 황국 신민이 된 의무를 다하겠다는 마음으로 전력을 다하여 싸우다 죽어야 한다는 것이니 한 예로 말하면 일본 비행사들은 적군함까지만 날아갈 수 있는 휘발유만 주고 그대로 적의 군함 속으로 날아들어 부딪쳐 죽음으로써 군함을 폭파시키고, 육상에서의 보급물자가 끊긴 전선에서는 제 오줌을 받아 마시거나 죽어가는 전우의 살을 베어먹어 가면서도 싸웠다. 이 정신은 오직 교쿠사이(옥쇄) 정신 때문이었다고 극언을 한다.

훈화는 계속되었다.

"너희들도 교쿠사이할 각오로 임하기 바란다. 아니, 꼭 하기 바란다. 지금은 베이에이(미영) 놈들에게 쫓기고 있으나 그래도 신이 돌보는 우리 황국은 망하지 않는다. 에 또…. 너희들이 우리 일본의 자랑인 이 교쿠사이 정신으로 최후의 1인이 될 때까지 싸워야 한다. 알았느냐!"

'짜아식, 우리 징용자가 군인인 줄 아는가 본데 착각도 웬만큼 하라.'

"그리고 너희들을 위하여 우리가 연예인을 데려와 마음의 긴장을 풀도록 유쾌한 이 날 밤 이 자리를 마련했으니 즐거이 놀도록 해라, 알았느냐! 이상."

이것은 우리들을 총알받이로 내모는 첫걸음이 되는 훈화였다.

프로그램은 노래 자랑, 코메디, 장기 자랑 등이었는데 모두가 일본 남녀들이 어울려 해대는 것으로 우리에게는 아리랑 한 마디도 부르지 못하게 했다.

어쩌다 조선 사람이 나와서도 우리말로는 노래를 못 부르고 일본말로 부르는 정도만 허용되었다.

이것이 어찌 우리 조선 사람을 위한다는 위문 연예대회란 말인가?

그런데, 이 때 누군가가 앞으로 뛰어나갔다. 뭐라고 말하더니 마이크를 얻어서는 아리랑에서 노들강변에, 육자배기에, 목포의 눈물, 그리고 몇 곡이 더 연속으로 흘러나오자, 여기 저기서 뛰어나가 자기의 노래 실력을 자랑하기 시작했다. 누구랄 것 없이 나가 부르고 있었다.

이렇게 흥겨운 한 시간 반쯤을 보냈다. 우리들 모두 오랜만에 들어 보고 불러 보는 고향 노래에 한없이 울고 웃고 있었다.

아마 두어 시간쯤 흘러갔으리라. 거의 바닥들이 날 즈음에 다시 정돈을 시켰다.

무대 위에 군복 입은 다까하시란 선장이 나타났다.

"나는 해군 대좌 다까하시겐꼬다. 너희들이 타고 갈 기미가와마루의 선장이다. 너희들이 목적지까지 무사히 가기 위해서는 지금부터 내가 하는 말을 잘 듣고 주의 사항을 꼭 지켜야 한다. 첫째 상갑판에서는 절대로 담배를 피워서는 안 된다. 선실에 담배 피우는 곳이 있으니 반드시 거기서만 피워야 한다. 해상에서는 담뱃불이 육안으로도 4km까지 멀리 보인다는 것을 잊지 말라. 저 지난 1904년 2월 10일 때의 일을 실증으로 말해 주겠다. 일로전쟁 때다. 도고헤이하지로 원수가 일본해에 진을 치고 있을 때 발틱(러시아) 함대가 일본을 공격하러 왔다. 그 때 발틱 함대에서 불빛이 새어 나와 배의 위치를 쉽게 알아낼 수 있어 공격을 개시, 전쟁을 이길 수 있게 한 요인이 되기도 했다. 이래서 담뱃불 주의를 시키는 바이다. 둘째 항해 중 휴지, 담배 꽁초, 빈병을 해상에 버리지 말라. 이것을 적 잠수함이 보게 되면 우리 배가 막 지나갔구나 하고 우리의 위치 방향을 알고 추적당하게 된다. 그리고 만일 위험이 있을 땐 경적을 울리겠다. 전원 긴장, 동요치 말고 안내 방송에 따라 행동하라. 사고가 나더라도 나는 최선을 다해 너희들을 지키겠다. 끝으로 부탁하는 것은 나는 이 배와 생명을 같이하는 것이 내 임무이기에 너희들의 각별한 협조를 바란다. 이상!"

선장의 이런 지시가 끝나자, 우리는 선실로 돌아왔다.

'살아서 오느냐, 죽어서 오느냐? 이것이 문제로다.'

바다 위의 밤은 다시 우리를 잠재워 주었다.

눈을 떴다. 바다 위의 출렁이는 새 아침이다.

뒷날 들은 이야기이지만 배 속에 있으니 일본 놈들의 자세한 전략을 알 수는 없었으나 이들 말대로라면 우리의 앞길은 그리 틀린 말은 아닌 것 같았다.

창 좌우로 보이는 배들로 봐서 앞·뒤·좌·우로 많은 배들이 줄지어 나아가고 있음을 알았다.

맨 처음 에스코트하는 배에는 비행기 한 대가 실려 있다고 했다. 우리가 타고 있는 선박은 제1진으로 가장 큰 배라고 말했고, 맨 뒤에는 전투기를 가득 실은 항공모함 네 척에 구축함 일곱 척이 있다고 했다.

또 다른 제2진 선단이 있는데 크고 작은 삼십 척의 배는 군수 물자를 실은 화물선이라고 했으니 이 선단의 규모는 상상하기도 어려웠다. 달빛으로 보아도 병력과 화물을 실은 함선들을 가운데 두고 십미터씩 떨어져 호위하는 무장선의 위용은 정말 대단해 보였다.

또한 목적지에 도착하여 안 사실이지만 우리의 6km 전방에서 순양함이 적을 감시하고 있었다고 하며 비행기는 항공모함에서 자유로이 내리고 오르며 경계에 만전을 기

의 우리들은 영문을 알 길 없이 긴장하고 있었다.

이어 전원 선실로 들어가라는 명령이 떨어졌다.

나도 갑판에서 내려와 선실로 들어갔다.

배 안에는 무거운 침묵만이 흐르고 있었다.

영문 모를 항로만이 우리들의 가슴을 더욱 좁아들게 했다. 또 한 쪽에서 물 속에 쏘아대는 어뢰를 쏘아댈 때마다 배는 한 번씩 진저리짓을 해댔다.

이런 긴장이 고조된 시간이 지나자 아무 일도 없었다는 듯 배는 다시 평안을 찾았다. 아무 일도 일어나지 않아 다행이었다. 만의 하나 잘못되면 상어밥이 되었을지도 모르는데……

배는 여전히 제 속력을 모두 뽑아 내면서 하얀 게거품을 위·뒤쪽으로 토해 내고 있었다.

'글쎄 얼마쯤 달렸을까?'

방송이 나왔다.

"전원은 들어라! 조금 전의 소동은 적의 잠수함에서 쏜 어뢰가 우리 배 앞뒤로 나타났으나 다행히 맞지 않고 신의 가호와 황국과 신민의 보호신이신 천조대신의 가호 덕으로 빗겨나가 무사했다. 조용히 잠자리에 들어가 휴식을 취하도록 하라."

궁금증이 풀리면서 우리 모두의 얼굴에는 안도의 빛이 나타나기 시작했다.

새 날, 1944년 5월 7일이 밝아오는 듯했다.

우리는 초롱초롱한 눈을 해가지곤 누구랄 것 없이 순조

로이 얌전히 순항하는 배의 갑판 위로 슬금슬금 올라가기 시작했다.

사방을 둘러보니 한 쪽 수평선 쪽에서 유난히 밝은 기가 나타나는 듯했다. 머리 위 밤하늘은 수많은 별들이 잠을 자지 않는지 우리와 이야기하고 싶어서인지 하늘 가득 우리 쪽으로 쏟아 보내고 있었다.

적도가 보다 가까워진 탓인지 아니면 남쪽으로 훨씬 내려온 탓인지 무더운 기운이 더했다. 나는 잠깐 동안이지만 고향에 가는 편지를 별들에게 부탁도 해보았다.

이런 행복감에 젖어 보고 있을 때 갑자기 물결이, 아니 파도가 배 위까지 올라섰다. 금방이라도 배를 삼켜 버릴 듯 하얀 혓바닥을 날름댄다. 방금의 내 생각들을 쪼각쪼각 생채기를 내며 공포 속으로 몰아넣는다.

물방울을 훔치며 선실로 내려왔다. 5일째 되던 날 오후 3시경, 방송은 우리가 탄 이 배는 대만 해상을 드디어 들어섰다고 하면서 여기서 정박한다고 했다. 우리와 같이 온 항공모함도 선창으로 들어가 싣고 온 항공기들을 기지에 내려놓았고 화물선에서도 화물을 내려놓았다.

이 항구 도시 역시 등화관제로 야경은 볼 수 없었고 마치 죽음의 도시처럼 모든 것이 잠들어 있었다. 우리는 육지에도 오르지 못한 채 배 속에서 네 밤을 지내고 나자 다시 항해를 계속한다고 했다.

우리는 왜 여기서 네 밤을 보냈고 그동안 일본 군인들은 무엇을 했는지 알 길이 없었다. 군수품 보급인지 유류 급

유인지 아무도 말해 주지 않은 채 평화로운 1주일의 항해
는 계속 되었다. 얼마나 지났을까.

눈앞에 검은 점 하나가 점점 커지더니 필리핀이라고 말
해 주었다.

먼젓번의 기착지와는 딴판으로 불야성을 이룬 시가지는
휘황찬란하기만 했다. 그동안 구경조차 못해 본 네온사인
불빛은 나를 벌써 이글거리는 그 속에 묻어 버리고 말았
다.

등화관제 속에서만 살아온 우리들에게 이곳은 문명이 만
들어 낸 별천지였다.

나의 이런 생각조차 황국 신민으로 정신 무장이 덜 된 탓
일까 자책도 해보았다.

그렇건 저렇건 빨리 상륙하여 그 곳에 녹아들고만 싶었
다. 한데 이곳에서도 상륙 명령은 좀처럼 떨어지지 않는
것이 아니라 아예 없었다.

물 건너 요지경 속 파라다이스를 보고만 죽으란 말인가?

목말라 애태워 하는 우리에게 물 한 모금 주지 않은 채 7
일째 되는 날 아침 한 수병이 조용히 말해 주었다.

"내일은 이곳을 떠난다."

같이 온 배들이 짐을 푸는지 싣는지 모를 작업 때문에 늦
어진다는 것이다. 핑계인지 뭔지 모른다.

'우리가 갈 곳들이 미영 연합군…?!'

우리는 목적지를 모르는 채 다시 떠났다.

1944년 5월 18일 밤 11시경이었다. 마음 좋게 보이는

수병에게 우리는 물었다.

"대체 어디까지 우리를 끌고 간답디까? 필리핀에서 그렇게 오래 있으면서 상륙 한 번 안 시켜 주고……, 술이며 계집년들 땀 냄새가 그리워 죽겠소!"

"긴급 수송 작전 중이니깐 상륙은 힘들고…… 이번 가는 곳은 싱가포르다. 우리가 2년 전 점령한 곳이지. 도중에 사고만 없다면 6일 뒤에는 도착하게 될 거야. 거기면 상륙도 허가될 것이고, 술도 예쁜 계집애들도 많으니 기대하라고!"

그의 말을 듣고 나니 살 것 같은 정신이 들었다. 아니, 산 것 같은 생각도 났다. 오랜만에 듣게 되는 계집 이야기 탓일까?

정말 얼마나 오래 되고 오래 된 생각인가. 죽을 목숨 역시 이야기한다면 생기가 돈다고 하지 않던가.

사지 펄펄 멀쩡한 젊은 몸에 그토록 오랜 굶주림은 억지로 말라 죽이는 꼴이 아니던가.

우리는 너나없이 사타구니가 가려워지면서 빳빳한 막대기가 손에 잡혔다.

지나간 날짜조차 헤아리기 힘들다. 고향에서 순사에게 쫓기면서도 그렇고, 광주의 일본 사람 식당에서도 그렇고, 광주 운동장에서 맡아 본 영숙이의 분 냄새가 마지막이 아니었던가.

재수 있으면 꿈에 떡 얻어먹는다는 말도 있듯이 그 곳에 가서 운 좋으면 멋쟁이들도 아다리(?) 될지 누가 알랴 싶었다.

황금성 속의 보좌 위에서 놀아나는 꿈 속의 나를 나는 바라보다가 '쿵!' 하고 순조롭게 항해하고 있던 배가 기우뚱하는 바람에 나 자신에게로 돌아왔다.

이어 고사포인지 기관포 소리가 잠든 밤바다를 요란하게 깨웠다.

다시 한 번 선체가 기우뚱했다. 좌우로 움직였다. 깜깜한 선실 안으로 가끔 번갯불이 비쳐 가기를 수십 차례. 만약 그 때 선체가 무엇엔가 공격을 받았더라면 나는, 우리의 목숨은 어찌 되었을까 하는 방정맞은 생각도 들었다.

'뗏목 하나라도 잡을 수가 있을까?'

두려움이 공포와 한 데 엉켜 내 머리 속을 엄습해 왔다.

아마 이 근방이 상어 떼가 득실거린다는 그곳이 아닌가 싶은 생각도 들었다.

그것도 식인 상어라고 생각하였다. 괜히 이런 극한 상황까지도 생각해 보는 내가 미웠다.

어리석은 생각이라고 다짐했으나 그래도 상어에게 물려 죽지 않기 위해서 벗어 두었던 바지를 입고, 말아 두었던 게도루(각반)를 단단히 치고, 신발 끈을 매두고 만반의 준비를 해두었다.

다시 그런대로 한순간이 지나갔다.

이젠 포 소리도 나지 않았다.

위에서 분주히 오가던 발소리도 들려 오지 않았다.

언제 그랬었느냐는 듯이 배는 조용히 항진을 계속하고

선내에는 숨소리 끊긴 적막만이 감돌았다.

왜 그런 소동이 있었는지도 모르는 채……

이윽고 배의 한 쪽 벽이 밝아 오면서 칠흑 같았던 바다 위의 어둠이 걷혀 갔다.

또 마이크에서 방송이 나왔다.

"어젯밤에는 적 잠수함과 한판 교전이 있었다. 너희들의 협력으로 우리측은 아무런 희생도 없었다. 적 잠수함 두 척만 침몰했다. 우리 모두 천황 폐하의 홍덕에 감사 올리자. 이상!"

간단 명료한 방송이었다.

'간밤에 뭐가 있긴 있었군! 하마터면 상어밥이 될 뻔했구나! 살아 있다니 다행이구나.'

나는 '고향에 계시는 어머님께 감사올리자' 하는 생각으로 동쪽 하늘을 한동안 쳐다보았다.

다시 이틀이 지난 뒤 우리 배는 싱가포르 군항에 닻을 내렸다.

1944년 5월 25일로 생각된다. 다시 선장의 목소리가 들려왔다.

"전원에게 알린다. 긴 항해를 하느라고 수고가 많았다. 너희들은 이곳에서 상륙하게 된다. 그동안 내가 말한 항해 중 준수 사항을 잘 지켜 주어 무사히 도착하게 되었다. 감사한다. 아무쪼록 건강히 근무에 충실히 복무하다가 뒷날 다시 우리 배로 너희들의 고향으로 데려다 줄 것을 약속하고 싶다. 아무쪼록 성전을 위하여, 천황 폐하를 위하여 진충보국을 하기 바란다. 이상."

방송을 듣고 난 우리들은 너나없이 눈가에서 눈물의 무지개가 아롱거리고 있음을 서로 서로 볼 수 있었다.

"다시 이 배로, 너희들 고향으로!"

대목에서 우리들 모두는 어린애가 되어 눈시울이 뜨거워졌다.

그 날은 내 생애에서 잊을 수 없는, 1944년하고 5월 29일이었다.

그동안 우리들, 목매인 송아지 꼴이던 우리는 어느 섬으로, 어느 전선으로 갈지 모르고 있다가 귀에 익은 이곳 싱가포르에 상륙한다는 말에 우선 고향에 온 듯 반은 안심이 되었고, 마치 고향의 부두, 부산 부두에라도 내리는 듯한 착각마저 일어 가슴이 설레고 있었다.

한참 뒤, 부두 쪽에서 작은 배(전마선)가 와서 우리들을 나누어 싣고 육지에 내려놓았다.

그 곳 부두에서는 생전 처음으로 얼굴과 몸이 온통 시커먼 껌둥이를 볼 수 있었다. 번들번들 개기름이 질질 흐르는 껌둥이는 징그럽게만 느껴졌음도 처음 본 까닭에설까(?).

길가 양옆으로 늘어선 상점마다 물건들이 수북하게 쌓여 있었다. 생전 처음으로 보는 온갖 물건들…….

보기만 해도 그저 흐뭇하기만 했다. 그동안 우리들은 구경만이라도 하는 것조차 굶주리고 있었으니 말이다. 바보스런 이야기 같지만 상점마다 가득 가득 쌓인 물건을 보는 것만으로도 마음이 그렇게 즐거울 수가 없었다. 거저 주는 것도 아닌데…….

나와 같은 마음으로 시내를 기웃거리는 우리 거지떼들. 낡을 대로 낡고 기울 대로 기운 넝마나 다름없는 옷과 지까다비(작업화), 영양 실조가 다 된 희끄무레한 얼굴들, 어디로 보나 거지떼였다.

드디어 서너 시간 놓아먹이던 지휘본부에서 집합하라는 명령이 싱가포르 시내에 퍼지면서 우리는 제1군 해군 시설대로 모였다.

지휘본부에서는 거지꼴이 보기 싫었는지 우리들의 넝마들을 벗기고 새 옷으로 갈아 입혀 주었다.

이어 우리에게 백지를 내주면서 거기에 자기의 이력을 써내라고 했다. 우리들은 시키는 대로 이력 사항을 적어 냈다.

'어디엔가 자료로 쓸 모양이지…….'

나는 한약방에 있었다는 것까지도 빼놓지 않고 써넣었다.

이 한 줄이 내 갈 길을 조금은 바꾸어 주었는지 모르나 이 덕택으로 나는 의무대로 배치를 받게 되었다.

다시 글씨 쓰기 시험(?)이 있었다. 글씨 쓰기에서도 나는 1등으로 뽑히어 의무대 서무계라는 요직(?)을 맞게 되었다.

같이 온 다른 사람들 역시 재능껏 적재적소에 배치되어 뿔뿔이 헤어지게 되었다.

몇 사람은 싱가포르의 '조오르봐' 해변으로, 또 몇 사람은 '바도바하' 섬으로 나머지는 버마(미얀마) 수도 랭군으로 명받아 떠났다.

내가 하는 일이란 보통 위생병과는 달리 공문서를 쓰는 일과 남방 함대 사령관이 동경 의무국에 보내는 보고서를 1통씩 쓰는 일이 고작이었다.

글씨 쓸 때는 아랫사람이 윗사람에게 보내는 보고서이기에 한 자 한 자 정성들여 써 보내면 하루 일과는 끝나는 셈이다.

생각해 보면 이런 것은 꿈만 같았다. 아무리 글씨를 잘 쓴다고 해도 또 힘이 들지 않으니 한약방 근무가 매력이 있더라도 이토록 편하고 쉬운 일자리를 갖는다는 것은 드문 행운이었다.

그것도 일본에서 멀리 노력동원차 굴러온 노무자를 비행장 닦기나 군수품 운반 같은 노력 동원을 안 시키고, 안 하게 되었으니 전황이 어떻게 돌아가건 나는 모른다는 생각이 앞섰다. 그저 편하고 즐거운 나날이 지나가고 있었다.

날마다 몇 자 정성들여 써 보내고, 여러 가지 공문 만들고 밤이면 시내 나가 적당히 사먹고 적당히 즐기고……. 이쯤 되니 뭐가 부러울 것 없는 세월이었다.

그럭저럭 이곳에서 6개월이 지나갔다.

다시 이동명령이 내려졌다. 월남의 사이공으로 빨리 떠나라는 독촉이었다.

싱가포르에서 사이공으로ㅡ.

'분명 남쪽으로 내려와 적도 가까이까지 왔다가 다시 위쪽으로 올라간다고! 전황이 좋지 않은 것은 아닐까(?). 마닐라, 싱가포르, 자바섬을 점령하여 승기를 잡았을 땐 남쪽으로 남쪽으로 내려오더니 다시 북쪽으로 올라붙는다니……'.

나는 내일을 예측할 수 없는 내 목숨을 다시 한 번 의식하고 6개월 간 그런 대로의 호화 생활을 못내 아쉬워 하며 짐을 꾸렸다.

지루한 여행

싱가포르에서 사이공까지는 기차로 간다고 했다.

꼬박 25일이나 걸렸다.

그러니까 우리는 1944년 9월 4일 오후 1시경 싱가포르를 출발하여 10월 6일 오후 2시경에 사이공에 도착한 것이다.

말이 그렇지 25일간의 기차 여행, 아니 그 시달림이란 겪어 보지 않은 사람은 말 못할 것이지만…….

지칠 대로 지쳐서야 기차에서 내렸을 때는 입안이 바짝 말라 나올 침마저 없었다. 또 하나 오랜 시간 기차를 타고 왔기에 그 고통 또한 배멀미에 지지 않았다.

그것도 그 날 내가 일본 군인들과 같이 탄 기차는 덜컹거리는 화물을 싣는 화물칸, 이른바 곳간 차였다.

25일이면 시간으로는 600시간이다. 나는 기차에 오르자마자 제멋대로 흩어져 있는 가마니때기 위에 쓰러져 버렸다.

기차가 출발하기 시작한 지 대여섯 시간 지났을까.

눈을 떴다. 목이 탔다. 기차가 멈춰 서 있었다. 나는 옆에 있는 군인에게 물었다.

"여기가 어딥니까? 어느 정거장입니까?"

"여기는 정거장이 아니고 태국 국경이야. 철길이 가팔라서 기차가 올라가지 못하고 미끄러져서 철길에 모래를 뿌리고 있는 중이야. 기관차의 힘이 약한 탓이지……."

나는 기차에서 내려 시원스러이 소변을 보았다. 오줌이 노오랗다. 하얀 천을 담그면 금방이라도 노오란 물이 들 것 같았다.

남극의 후텁지근한 바람이 살갗을 스쳤다.

하노이사기에서 맡았던 상쾌한 바닷바람과는 달랐다.

조금 뒤에 기차가 움직이기 시작했다. 시장기도 들었다.

병참부에서 나누어주는 밥을 먹었다. 또 얼마를 달렸다. 군인 몇은 조금 열린 문으로 바깥을 내다보며 지나가는 타이의 풍물을 맛보고 있었다. 당시 기차는 석탄이나 무연탄을 때는 것이 아니고 나무나 장작을 때서 가는 기차, 바로 목탄차였기에 빨리 달리지 못하고 힘도 세지 못했다.

더욱이 이 기차에는 많은 군인과 무게를 알 수 없는 군수물자들이 잔뜩 실려 있어 소달음을 하다시피 긴 여정을 조금씩 조금씩 나아가고 있었다.

가만히 생각나는 역 이름들─.

사이공을 출발 푸콩, 판티엘, 호이다, 판랑, 투이호아, 쾅가이, 틴호이, 하노이를 거쳐 방콕으로 들어왔지만 도중 어느 한 역에 도착하면 무슨 꿍꿍이 속인지 이삼일씩 쉬었다 가기가 일쑤였다.

군량미를 조달하는지 땔나무를 준비하는지 알 길 없이 크고 작은 스무개가 넘는 역을 지났으니 이 여행이 얼마나 길고 지루한 여행이었나를 짐작케 한다.

마침내 태국의 수도인 방콕에 도착했다.

아마 1944년 9월 21일이었으리라.

도착하자마자 오는 동안의 게으름이라도 보충하려는 듯 빨리빨리 하차하여 육군 병참부대에서 나온 트럭에 올라타라고 볶아쳤다. 시내에 들어섰다. 그동안 컴컴한 정글 속만 보아 오며 지나오던 우리들은 방콕 시내 밤거리의 아름다움에 넋을 놓기도 했다. 싱가포르에서도 그랬지만 이곳 역시 조금의 서두름도 없이 모두가 지극히 조용하고 평화스러워 보였다.

숙소는 육군 병참부대였다.

도착하자 아사노란 고죠가 일장 훈시를 하였다.

"나는 아사노 하다다. 너희들 인솔 책임자다. 여기서 3일간 머물 예정이다. 외출 허가증을 받아서 나갔다가 시간 안에는 꼭 돌아와야 한다. 또 여기는 사찰도 승려도 많다. 함부로 승려들의 깎은 머리를 만지거나 부처님을 욕되게 하는 일을 해서는 안 된다. 이 나라는 불교 국가라는 사실을 잊지 말라. 야마토 민족의 긍지를 잃지 않도록 주의하기를 바란다. 알았나, 이상."

'그놈의 쥐뿔난 야마토 민족……. 야마토 조상은 우리나라와 중국으로부터 유교·불교 여러 좋은 제도를 받아들여 국가 체제와 문명 생활의 기틀을 잡은 주제에……. 목탄차를 때는 게 긍지라니……'.

나는 이렇게 속으로 야유를 하면서 바깥 구경을 나서려고 외출허가증을 받으러 부대 인사계 쪽으로 갔다.

어쨌든 이름붙여 '방콕 시내 관광' 팔자 좋은 사람의 시간 놀이(?)였다고나 할까.

샴 왕궁도 후로팅마켓도 백화점도 로즈가든도 돌아보았다.

태국 사람들은 모두 온순하고 친절했다.

물건도 싱가포르처럼 흔했다. 물가도 싼 편이었다.

나는 길가에 있는 국수집에 들러 '삐끼니'라는 작고 매운 태국 고춧가루를 친 태국 국수 세 그릇을 단숨에 비워버렸다. 바꾼 태국 돈으로 30밧드를 치뤘다.

그리고는 여기 저기 더 보고 싶었으나 시간도 없고 지리도 어두워 그대로 부대로 돌아오고 말았다.

당초 부대의 계획은 여기서 사흘동안만 보낼 예정이었으나 사이공에 가는 교통편이 없어 늦어진다고 했다.

이틀을 다시 방콕에서 보내게 되었다. 태국의 방콕, 이곳은 불교의 나라, 친절한 나라, 조용한 나라라는 인상을 받았다.

나도 그렇지만 우리 징용자들 모두 이 나라의 고요로움에 마음이 감동되었다고 했다.

그것은 그동안 1년 동안 맛보지 못했던 평온과 평화의 귀중함을 잠시나마 맛볼 수 있었고, 또 직접 눈으로 귀로 입으로 체험할 수 있었으니 하는 말이다.

또한 그보다 값진 선물은 전쟁 소식이었다. 승전 쪽이 아니 패전, 패주 소식 쪽이었기에 그래도 우리는 마음이 쓰였다.

그동안 나 같은 징용자가 알 수 있는 전황이란 은밀히 외부에서 듣거나 일본 군인, 군속 같은 사람들에게 듣는 것이 고작이었으나 신문을 보고 알기란 더욱 생각할 수조차 없는 일이었다.

다행히 방콕 시내를 관광하다가 교포 이씨를 만나게 되어 큼지막한 뉴스들을 머리에 주워 담을 수 있었다. 신의 도움인지 이씨를 만나고 나서 예측 못하는 내 운명도 점칠 수 있었다. 여기 생각나는 대로 적어 보면 사이판 섬에서의 전군 옥쇄, 옥쇄 전투다.

1944년 6월 14일에서 7월 6일까지 22일 간에 걸친 전투에서 일본의 육해공군 군속 기타 등 4,311명의 시체가 해안 일대에 뒹굴었다고 한다.

사이판섬 옥쇄의 여파로 도조 내각이 사퇴(1944. 7. 18)했다는 등 큼직한 소식을 듣고 나는 전황이 일본측에게 유리한 것 같게는 느껴지지 않았다.

여드레째 되던 날, 9월 말일 쯤.

나는 다시 사이공을 향해 출발했다.

출발에 앞서 짐을 챙겼다.

세면 도구 주머니에 방독면, 수통, 야전용 밥통에 빨지 못한 내의 두 벌과 양말 한 켤레가 고작이었다.

나와 같이 여기까지 온 징용자들도 이미 다른 곳으로 떠나갔는지 나와 같이 트럭을 타는 사람은 몇 안 되었다. 트럭에 시달리기 열 시간 남짓―. 우리 일행은 어둔 밤이 되어서야 크메르의 수도인 프놈펜에 있는 부대에 들어갔다. 우리는 방콕에서 받은 전출명령서를 보이고 프놈펜에서 다시 며칠이 될지 모르는 사이공 가는 배편을 기다려야만 했다.

프놈펜에서는 방콕과는 달리 외출이 금지되었다.

내가 임시로 머문 방은 5층 건물의 3층으로 시가지를 내려다볼 수 있어 눈요기는 그런 대로 할 수 있었다.

어둠이 깃들면서 고요하던 도시에 생기가 살아났다.

누구 말대로 프놈펜의 밤은 색향 환락의 도시라더니 말로만 듣던 멋쟁이 프랑스 군인들이 이 술집 저 카페에서 댄스홀에서 술 마시고 노래 부르고 춤도 추면서 불야성을 이룬다고 했다.

물론 술과 계집 그리고 모두 벗는 광란의 묘기가 펼쳐지고 게슴츠레한 눈망울은 이 묘기의 국소 부분을 뚫어져라 쳐다보고, 아니면 침을 질질 흘리고……

이것이 인생이고, 이를 위해 쏘고 죽이고 뺏고……. 이것이 약육강식의 순리(?)이고……

눈으로 머리로 계산 때리다 인사계에 들어가 빌고 빌어서 외출 허락을 받아 냈다.

"어이 요시야마, 너는 글씨도 잘 쓰고 한약도 안다고 여기 써 있구나, 특별히 외출할 것을 허가한다. 여기 프놈펜에는 우리 일본 군인도 있지만 프랑스 군인도 있다. 충돌하면 큰일이다. 알겠나…?"

외출 안내 지침이 대단했다.

말로만 듣던 나체, 소리만 듣던 그 교성이 무엇보다 그리워졌다.

나는 그저 터져만 나올 듯한 색정을 억제키 어려웠다.

호주머니 생각도 없이 들어갔다.

대리석 같고, 굴곡, 돌기로 이뤄진 여체, 나체를 눈 앞에서 보자 고달팠던 내 눈에 생기가 감도는 것 같았다. 끌려온 신세, 목매인 신세의 징용자라 하더라도 남자임에는 틀림없다. 확실한 연장을 가진 사내 대장부다. 나는 그 여체를 와락 껴안고 뒹굴고 싶은 충동을 억제키 어려웠다.

하늘하늘 무대 위에서 흐느적대는 춤 속에서 둥근 테이블마다 간드러지게 웃어대는 웃음 소리는 내 숨소리를 거칠게 끌어올렸고 그놈을 불끈 불끈 용솟음치게 했다.

아래 사타구니 쪽이 축축해 왔다.

생각해 보면 3년 동안 꼬박 여자를 모르고 지내왔다.

아니, 알면서도 곁에 둘 수 없었다. 할 수가 없었다는 말이 더 알맞으리라.

내 나이 19살에 징용자로 끌려와 한창 발산해야 할 젊음을 쏟지 못한 채 고스란히 징용 생활에 탕진하지 않았던가.

내 익을 대로 익은 심볼은 여체의 두 유방 위에 가쁜 숨을 몰아대면서 빨고 핥고 하면서, 나체를 부서지도록 껴안고 싶은 욕망이 용광로처럼 활활 불타 오르고 있었다.

내일에는 삼수갑산엘 가더라도 우르르 무대 위로 뛰어올라가 안고 나뒹글고 싶었다.

사실 내 운명은 내일 죽을지 모레 죽을지 모르는 기약 없는 인생이 아닌가.

시한부 인생―. 아니다. 시한부 인생이 되어서는 안 된다.

'어떻게 해서든지 살아서 돌아오라' 고 하던 어머님의 말씀이 귓전에서 살아나면서 지금의 나에게로 돌아왔다.

오늘로써 이틀째다. 갑자기 우리를 인솔하던 아사노 하다가 나타났다. 그것도 취침 나팔을 분 뒤이니 이상스러웠다. 우리는 잠자리에서 일어나 부동자세를 하고 그를 맞이했다.

"너희들, 제 자리에 든 채 들어라. 기쁜 소식을 전하기 위하여 왔다. 우리 천황 폐하께서 너희들의 노고를 위로해 주라고 위안부를 보내 주셨다. 크나큰 하해와 같은 은전이시다. 장소는 바로 옆에 있는 임시 합숙소다. 지금부터 거기에 가서 몸과 마음을 달래도록 하라. 이상."

'무엇! 위안부라고…? 위안부가 무어냐? 위문단을 잘못 말한 것이 아닌가? 아니다……'

"분 냄새나는 계집이란 말이다. 이 촌놈들아."

누군가가 유권 해석을 내렸다.

별의별 소리가 이곳 저곳에서 터져 나왔다.

"어쨌건 고맙군! 이거 몇해 만에 여자 맛을 보는 거냐! 흐흐흐……."

"어젯밤 꿈을 잘 꾸었더니 이런 일도 있구나!"

"정말, 일본 군인들보다 우리 징용자에게 여자를 먼저 안겨줄까?"

"아무리 해도 위안부쯤 안겨주는 것은 전황이 잘 되어가는 모양이지……."

여러 말들을 하며 좋아서 어쩔 줄 몰라 했다.

나도 모처럼 몸을 풀게 된다 싶으니 그렇게 마음 속으로 기쁠 수가 없었다. 사실 이곳 프놈펜에 와 가지고는 헛 × 만 꼴리지 않았는가! 기분이 좋지 않았음이 사실이다. 눈으로만 구경했으니 말이다.

한참 뒤 흥분을 가라앉히고 위안부들이 와 있다는 임시 합숙소로 갔다.

그곳에는 이미 먼저 와 있는 우리 징용자들이 허리춤을 한 손으로 풀고 줄지어 서서 차례를 기다리고 있었다.

그 옛날 고향에서 본 영화 속 인육시장의 줄서기 장면이 생각났다.

얼만가 있더니 내 차례가 왔다.

나는 위안부가 들어 있는 방에 들어섰다. 그리고 바지를 벗으려다 말고 놀랐다.

그 위안부와 내 눈이 딱 마주쳤다. 다른 여자가 아닌 내가 광주 있을 때 일본인 식당에서 일하면서 같이 일하던 김영숙에게 가끔 놀러왔던 현자가 아닌가!

그 때마다 영숙이 그 아가씨를 부를 때 '현자야' 하고 불렀기에 성은 몰랐었다. 그녀가 최씨라는 것을 뒤에 알았으나……

나는 바지를 다시 입으면서 털썩 주저앉았다.

"아니, 당신은 현자가 아니오?"

그녀는 누워 기다리고 있다가 화들짝 몸을 일으키며 놀라 말했다.

"아니, 그럼 당신은 명식 씨가 아닙니까?"

그녀는 게슴츠레한 눈을 뜨고 나를 알아보았다.

"그렇소. 내가 바로 명식이오. 아니, 어떻게 여기서 만나게 되는 겁니까?"

나는 묻지 않을 수 없었다. 현자는 얼굴을 들고 마구 흐느끼더니 이내 울먹이는 목소리로 입을 열었다.

"명식 씨가 징용으로 끌려온 뒤 얼마 안 되어 저도 이른바 정신대라는 명목으로 끌려 와 이렇게 일본 군인과 군속들의 위안부 노릇을 하게 되었습니다. 흐흐흑……"

"뭐라구? 정신대로 왔다구?"

"네 그렇습니다."

"으흐흐흑…!"

"혹 영숙이 소식을 아십니까?"

"잘 모르지만 내 뒤를 따라 영숙이도 끌려 왔을 것입니다."

물으나마나, 들으나마나 뻔한 일이었다.

나도 서러움을 참을 수 없어 오열을 토하고 말았다. 그리고 이내 방 벽을 힘차게 쳤다.

그러자 문밖에서 동료들의 거친 얘기가 들려왔다.

"어이 요시야마, 얘기책 읽고 있는 거냐! 끝냈으면 빨리 나와야 할 거 아냐!"

"×꼴려 못 참겠다. 야, 빨리 좀 나오너라, 빨리……!"

독촉하는 소리가 이만저만이 아니다. 늑장부리면 살인이라도 벌어질 판, 살얼음판이었다.

"현자, 어쨌든 나는 네가 이렇게 끌려 온 것을 원망하고 싶진 않다. 이게 모두 우리 조선이 힘없는 탓이니 해방될 때까지 우리는 죽지 말고 고국, 고향에서 다시 만나기로 하자. 그럼 잘 있으라. 이 악물고 참고 견디며 살아서 돌아가자꾸나."

나는 다음 사람의 성화에 못 이겨 현자를 안아 보지도 못한 채 아쉽게 아쉽게 헤어졌다. 방문을 나서는 내 눈가에 이슬이 맺혀 있음을 그녀는 보았는지 모르나, 지금도 그때 일을 생각하면 뭔지 모르게 치욕감 아니 분노 같은 것을 느끼지 않을 수 없다. 이때 받은 충격은 그 뒤로도 쉽게 가셔지지 않고 오래 계속되었다.

그 날 밤, 제일 끝으로 위안부 냄새를 맡고 온 호걸풍으로 생긴 사나이와 다른 방 사람들에게서 들은 이야기를 종합해 보면, 종군 위안부, 군인이나 군속들을 쫓아다니면서 위안을 목적으로 하는 여인들 이야기는 대개 이러했다.

정신대라는 고상한 이름으로 부르기도 했다고 한다.

1944년 8월 여자 정신대 근로명령 발동으로 만 12~40세의 독신녀 전체를 여자 정신대의 대상자로 규정했다고 한다. 이 정신대 근로명령서 한 장으로 끌려간 여성이 17~20만 명에 이르나 모두가 일본 군인들의 밑받침 노리개인 위안부로 끌려갔는데 한반도의 부녀자였다.

기막힌 것은 이들 명부 대신 물품 대장에 숫자만 기입하여 군수품으로 취급하고 있었다는 사실. 사람 이름 대신 '군수품 ×개' 라니…….

천인공노할 일이 아닌가! 또 하나 기막힌 것은 수요·공급의 비율은 일본말로 '니꾸이찌—29 : 1' 라고 해서 일본 군인 29명 앞에 위안부 1명이 표준이었다고 한다.

여자 쪽의 신체 조건은 고려에 넣지 않은 개만도 못한 비율이었다. 이것은 다시 말해서 성(性)의 도구로 생각했음은 물론이고, 이런 인간 이하의 취급을 받으며 온갖 수모를 겪으며 살아왔던 정신대들은 전선에 따라 옮겨 다니면서 제물이 되었다. 참호 속까지 끌고 다니면서 색욕을 채우다가 전쟁에 지게 되어 도주케 되거나 도주조차 못하면 집단으로 학살했다고 한다.

이런 정신대 이야기를 듣고 나자 나는 정신이 혼미해지면서 어디선가 흐느끼고 있을 김영숙의 모습이 자꾸만 떠올라 남양 어느 섬, 아니 프놈펜 하늘 아래 있을 것 같아 괴로웠다.

　다음날 아침이던가. 사이공으로 가는 배편이 있다면서
우리 일행을 트럭에 태우고 달리기 시작했다.

　누우런 메콩강의 황토물이 흐르는 강가에 우리 일행을
내려놓더니 눈앞에 있는 배를 타라고 했다.

　그 강은 메남강이라고 해서 매콩강의 지류라 했다.

　배는 50톤 남짓한 조그마한 어선 같았다.

　나와 군인 그리고 일행들은 누우런 황토물이 흐르고 있
는 메남강을 따라 수로로 들어섰다.

　좌우로 울창하게 우거진 정글숲 사이로 물길이 나 다시
널따란 들 가운데를 지나가고 있었다. 풍광이 볼 만했다.

　6시간쯤 지나자 하얀 바닥에 둥그렇게 빨간 점이 있는
'히노마루' 일장기가 펄럭이고 있는 사이공 부두에 닿았
다. 최종 목적지인 사이공에 도착한 것이었다.

　'그럼 이제부터 내가 가야 할 다음 곳이 어디에 있는 부
대일까(?) 이곳에서는 나에게 어떤 일이 주어질까(?)'

　내 멋대로 내 마음대로 할 수 없으니 명령을 기다리고 있
을 수밖에.

　정말, 지루한 여행이 끝난 셈일까!?

　아닐 것이다.

　이 목맨 송아지 신세가 풀리는 날이 끝나는 날이 아닐지
메아리 없는 하늘에 대고 묻고 싶었다.

　잊을 수 없는 1944년 10월 6일의 밤은 어김없이 서서히
내리고 있었고…….

벼락감투

"나는 싱가포르 본부 의무과에서 사이공 부대로 파견되어 왔는데 가야 할 부대를 알아서 연락해 주십시오."

트럭에서 내린 나는 '101 해군 해안 경비대'라는 간판이 걸린 곳을 찾아가 위병에게 이렇게 부탁하면서 나의 이력서가 든 서류 봉투를 내밀었다.

위병 하나가 내 말을 듣고는 안으로 들어오라고 하면서 의자를 권하며 앉으라고 했다. 봉투 내용을 보고 나더니 다른 위병 한 사람이 여기 저기 전화를 걸어 내가 갈 부대를 알아내어 알려 주었다. 조금 시간이 지나자 검은 승용차 하나가 내 앞에 나타났다.

그 차에서 내린 군인 한 사람이 초소 안으로 들어서며 나를 찾았다.

"요시야마가 누구요?"

"내가 요시야마입니다."

"오느라고 고생이 많았겠소, 언제 출발했소? 나는 시설 부대 인사과 하세가와 공원입니다."

말씨가 그동안 내가 만난 사람들과는 달랐다.

"인사과 선임하사가 바쁜 일이 있어 내가 대신 왔습니 다."

"그러니까 25일 전이오. 기차로 오다가 방콕서 쉬고 또 다시 기다렸다가 배로 오다 보니 시일이 걸렸습니다."

나 역시 말씨를 올렸다.

"그렇잖아도 우리 본부에서 한 사람 증원해 준다는 연락 을 받았는데 쉬 오지 않아서 기다리고 있던 참입니다. 자, 차에 오르십시다."

이윽고 내가 차에 오르자 승용차는 미끄러지듯 굴러가는 것이었다. 약 1시간은 족히 걸렸으리라.

차는 조그만 바라크촌 앞에 멈춰섰다.

'101해군시설대 사이공 부대 의무대' 라는 간판이 내 눈 안에 들어왔다.

나는 하세가와의 뒤를 따라 의무장에게 갔다.

의무장은 해군 촉탁 의사 오기하라라고 했다

"나는 싱가포르 제 101 해군병원 1등 위생원 요시야마 입니다!"

나는 그 앞에 가서 도착 보고를 마쳤다.

"너는 나를 잘 알 거야. 싱가포르에서 잠깐이나마 같이 있었던 기억이 나나?"

나는 그 말을 듣고 다시 한 번 그의 얼굴을 보았다.

생각났다. 그가 바로 촉탁 의사 오기하라가 아닌가?

"네 기억이 납니다. 저는 그 뒤 어디로 가셨는지 몰랐는데 결국은 여기서 다시 뵙게 되는군요."

이렇게 말하고는 반갑다는 듯이 웃었다. 오기하라 씨도 살짝 미소를 지어 보였다.

"오는 데 고생이 많았지? 참 잘 왔다. 그렇지 않아도 위생병이 없어 쩔쩔매고 있는 판인데, 네가 오니 이제는 안심이 되는구나. 싱가포르에 증원 요청했는데 누가 올지 궁금해 하고 있던 참이야. 정말 잘 왔다. 너는 글씨도 잘 쓰고 약국일도 잘 하니 안성맞춤이야. 자 앉게나!"

실로 오랜만에 사람다운 대접을 받는 것 같았다. 하세가와 공원도 오기하라 의무장도 극구 칭찬뿐이었다.

오기하라 의사는 커피, 과자, 밀크 등을 가져오게 하여 나더러 마음껏 들라는 것이었다. 참말이지 여지껏 그런 친절은 받아 본 일이 없었다.

정말 융숭한 대접이었다.

오기하라 의무장은 일본 동경에서 개업하여 성업중이었으나 대본영의 촉탁을 받고 이곳까지 오게 되었다고 한다. 그 허울 좋은 성전 완수를 위해 타의로 끌려 온 사람 가운데 하나였다.

나이도 이젠 마흔 둘이나 된다는 그의 얼굴은 의사란 직업 탓인지 인자한 얼굴을 가진 지식인이었다. 그저 막연하

게나마 내 마음 속에 나는 친형제간보다 더한 육친의 정이
자꾸만 샘솟아 올랐다.

"자, 그럼 가서 부대장에게 보고를 해야지."

오기하라 의무장은 자리에서 일어섰다. 그 뒤를 이어 나
도 일어섰다. 그리고 의무장의 뒤를 따라갔다.

마침 부대장은 그의 방에 있었다.

부대장은 기구찌라는 해군 중좌였다.

오기하라 의무장은 나와 나란히 서서 기구찌 앞에 부동
자세로 서서 거수경례를 붙이며 큰 소리로 외쳤다.

"신고합니다, 싱가포르 제101해군 병원 소속 시설대 본
부 의무과 1등 위생원 요시야마 근무 명을 받고 방금 도착
했음을 신고드립니다!"

그는 빙그레 웃으면서 일어나 오기하라 앞을 지나 내 앞
으로 다가와 부동자세로 서 있는 나에게 악수를 청했다.

"지금 도착했다고?"

"네."

내 대답에 이어 오기하라 의무장이 나서며 나를 소개한
다.

"요시야마 군은 잠깐이지만 싱가포르에서 같이 있었습
니다. 글씨도 잘 쓰고 의료에 관한 지식도 웬만큼은 갖추
고 있어 꼭 필요한 위생원입니다."

"아 그렇소. 더욱 잘 되었군. 요시야마 군, 열심히 일해
주게나."

그는 또 한 번 뜨거운 악수를 해 주었다.

그 때 오기하라 의무장은 기구찌 부대장에게 이렇게 말하는 것이었다.

"요시야마 군을 쓰도무 지구의 의무장으로 보낼까 합니다만……."

"아, 참 그렇지. 그곳에 위생병이 없어 야단이지. 그거 참 잘 생각하셨습니다. 그게 좋겠군요. 내 곧 요시야마 군을 그쪽에 배속하도록 하달하겠소."

육십 가까이 보이는 부대장 기구찌는 머리가 희끗희끗하고 얼굴에는 잔주름이 그의 파란 많던 군력을 말해 주고 있었다. 그리고 주름진 그의 얼굴에서는 그동안 수없이 외쳐댄 이른바 야마토 정신을 읽을 수 있었다.

나와 오기하라 의무장은 부대장 방을 나와 다시 오기하라 의무장 방으로 돌아왔다.

그리곤 오기하라 의무장에게서 부대 사정이며, 요즘의 전황과 주의사항 등을 듣고 나서 나는 오기하라 의무장이 마련해 둔 내 방에서 오랜만에 잠다운 잠을 편안히 잘 수 있었다.

그것은 다시 말할 것 없이 쓰도무지구 의무장이라는 벼락감투 때문이었다고나 할까?

기억해 두자. 이 날이 1944년 10월 9일이다.

충분한 음식과 인간다운 대우, 여지껏 그렇게 융숭한 대접을 받아 본 일 없기에, 또 오랫동안의 홍분도 풀 수 있어 심신이 녹아들었다.

얼마나 지났을까?

눈을 떠 보니 날이 밝아오고 있었다. 나는 오기하라 의무장 방으로 갔다.

이윽고 밥이 배식되었다. 나는 그와 같이 아침 밥을 맛있게 먹었다. 얼마 만에 먹어 보는 진수성찬인가.

식사가 끝나자 오기하라 의무장이 무언가 걱정하는 눈치다.

"쓰도무로 가야 하는데 혼자서는 갈 수 없으니 이걸 어떻게 한담! 내가 같이 가면 좋을 테지만, 이곳 일이 많아 바쁜데…… 할 수 없군. 그래도 내가 같이 가 주지……."

오기하라 의무장은 차를 준비하라고 명령했다.

오기하라는 달리는 차 속에서 내가 가게 되는 쓰도무에 대하여 여러 가지 것을 이야기해 주었다.

"쓰도무는 사이공에서 약 30킬로밖에 떨어지지 않은 곳에 있는데 거기에 비행장을 건설하고 있지. 작업중에 부상병이 발생할 때마다 위생병이나 간호원이 없어 곤란을 겪고 있는 곳이야. 내 대신 요시야마 군이 가서 그들을 돌보아 주어야 하겠어. 그들의 생명은 요시야마 군 자네에게 달려 있네, 자네는 이제부터 쓰도무지구의 의무장이야 부장이나 다름없어. 알았나? 잘 하기 부탁하고……."

이런 것을 벼락감투라고 하는지…….

의무장다운 자격이 없는 나에게 너무도 과분한 감투였음을 나 자신 시인하면서도 열심히 잘 해 보기를 마음으로 다져 보았다.

하긴 어쩌다 눈요기한 광주 한약방의 조그만 의학 상식

으로 오늘까지 용케도 견디어 왔지만…… 그동안 실수는 없었다.

다른 동료들이 밖에 나가 힘든 노동일을 해내고 있을 때 그 알량한 상식 탓으로 징용자 생활을 보다 편하게 해 왔기에 어릴 때 한약방으로 보내 의술에 눈뜨게 해주신 아버님의 고마움이 새삼 느껴졌다.

순간, 두고 온 고향 생각이 떠올랐다.

'지금 고향의 어머님과 형제들은 어떻게 지내고 계실까?'

잊혀지다시피 했던 고향의 일들이 내 머리 속에서 주마등처럼 떠올랐다. 어쩌면 저 쪽이 고향인지 모른 채 차 속에서 한쪽을 향해 고개 숙인 채 만수무강을 빌었다.

쓰도무를 한자로 쓰면 '토룡목(土龍木)'이다.

우리가 탄 차가 달려가고 있는 도로는 가로수가 좌우로 울창하게 우거져 터널처럼 이루어져서 경치가 좋았다.

고무나무 숲들도 끝없이 이어져 있어 남국의 하늘거리는 향취를 한껏 느끼게 해주는 조그마한 도시였다.

오기하라 의무장과 내가 탄 차는 목적지인 쓰도무 부대의 막사 앞에 와서 섰다.

그곳에 있는 무라가미 부대에는 부대원이 30명 넘게 있는 듯했다. 하기스지라고 부르는 부대장과 스즈끼라는 토목기사에 프랑스어 통역관인 탁 노리이 세 사람이 나와서 우리를 반갑게 맞이해 주었다.

오기하라 의무장은 하기스지 부대장에게 내 발령장을 건

네주면서 힘주어 말했다.

"여기 요시야마 군은 싱가포르 본부에서 차출되어 왔는데 잘 협조하도록 부탁하네. 싱가포르에서는 나와 같이 근무하였네. 일 잘하는 사람이야."

나는 곧바로 서서 다시 경례를 붙였다.

"신고합니다. 의무병 요시야마 ×월 ×일자 쓰도무 지구 의무장으로 명받았기에 신고합니다."

씩씩하게(?) 신고하자 그는 만족해 했다.

"오느라고 수고했네. 가뜩이나 손이 모자라는 판이었는데 잘 되었군. 다시 한 번 축하하네. 열심히 천황 폐하를 위하여 신명을 바쳐주기 바라네."

그리고는 부드러운 목소리로 앉으라고 권했다.

"정말 반가워……. 이제는 이곳에서 발생하는 환자들의 치료에 대해서는 안심해도 되겠는걸."

그는 가볍게 내 등을 다독거려 주었다.

조금 있은 뒤 나는 오기하라 의무장과 내가 일할 의무실이 있는 곳으로 갔다.

이름이 의무실이지 치료 시설이란 아무 것도 없었다.

빈 방에 테이블 두 개, 한 개는 창쪽으로 또 한 개는 방 한가운데 놓여 있을 뿐, 약병은 하나도 볼 수 없었다.

그것을 본 나는 기가 막히고 눈앞이 아찔해졌다.

'아무리 전시중이라 해도 붕대에 나이프에 머큐로크롬 한 병 없는 의무실이 무슨 필요가 있단 말인가.'

넋두리를 하고 나서 오기하라 의무장 쪽을 보며 부탁의

말을 했다.

"의무장님, 의무실에 아무 것도 없습니다. 이래 가지고서야 어떻게 치료를 할 수 있겠습니까? 당장 필요한 것을 적어 드리겠으니 내일 안으로 꼭 보내 주십시오."

우선 생각나는 대로 적어 보았다.

붕대 약간, 솜 약간, 머큐로크롬, 고약 1상자, 주사약 1상자…… 하고 적다가 끝에 해부용 나이프, 봉합실과 바늘, 핀셋, 확대경, 가위를 추가해 오기하라 의무장에게 건네주었다.

"잘 알겠네. 하지만 본부에도 약이 없고 이런 것들도 없어 탈이야. 보급선이 끊겨서……. 그래도 뒤져서라도 몇가지 응급처치 물품은 보내 주겠네. 자, 그럼 나는 돌아가네."

종이 쪽지를 받아 쥔 오기하라 의무장은 어느 정도 만족한 표정으로 한 마디 더하곤 뒤돌아 섰다.

"중환자는 우리에게 보내고 말야……."

나는 문밖에 서서 그가 탄 차가 사라질 때까지 서 있다가 눈가가 축축히 젖어 있는 나를 발견하였다.

'그동안 나에게 참 잘 해 주셨는데…….'

우선 내가 할 일은 내 활동 반경인 의무실 방의 청소였다.

문들을 모두 열어제치고 말뿐인 사무집기를 들어내 놓고 먼지를 떨었다. 걸레를 빨아다가 창틀, 문, 테이블 위를 말끔히 훔치면서 닦고 또 닦았다. 한 쪽 구석에 모아 놓은 빈

병과 약상자는 모두 들어내 쓰레기통에 넣어 소각장에 갖
다 버렸다.

정신 없이 일하고 있을 때였다.

등 뒤에서 사람 기척이 났다. 뒤돌아 보았다. 두 아가씨
가 서 있었다. 이른바 월남의 꽁가이였다.

하이얀 아랫도리가 아니 사타구니까지 보이도록 째진 치
마 같은 옷을 입고 있었다. 나로서는 난생 처음 보는 희한
하게 생긴 옷이었다. 나중에야 이 옷이 아오자이라는 것을
알았지만…….

그녀들은 가까이 내 옆으로 다가와 뭐라고 월남어로 쫑
알거리면서 몸짓까지 해 보였으나 나는 알아들을 수가 없
었다.

그래서 나는 일본말로 다시 물었다.

"뭐하는 여자냐? 왜 여기에 와 있느냐?"

그녀들은 내 말을 조금은 알아들었는지 손짓 발짓을 해
가면서 저만큼에 있는 건물 막사를 가리키는 것이었다. 그
런가 했더니 손바닥을 펴서 앞뒤로 밀었다 당겼다 했다.

나는 그녀들이 막사내를 청소하는 여자들이라는 것을 알
고 고개를 끄덕였다.

그리고 한 꽁가이는 엄지손가락을 펴 보이기도 했다. 그
들이 부대장과 간부 숙사에서 일하는 여자들이라는 것을
얼마 지나지 않아 알게 되었다.

그녀들도 내가 한국에서 징용 온 사람으로, 여기 의무실
책임자라는 것을 느낌으로 알고 한 꽁가이는 손가락을 펴

보인 것도 그동안 비어 두었던 방과 사무집기를 청소하는 것을 보고는 그렇게 짐작했으리라.

그녀들은 나와 다시 한 번 눈길을 맞추고는 씽긋 웃고 저쪽으로 가버렸다.

나는 내 처지를 돌아볼 겨를도 없이 엉뚱한(?) 마음이 동했다.

'여기 있을 동안 심심치는 않겠군. 심심풀이나 해 볼까? 광주 시청 앞 집결장에서 살짝 껴안고 맡아 본 영숙이의 분 냄새뿐이었는데……. 아 여자의 달콤한 체온이 그립구나.'

그저 막연히 파아란 희망이 뭉게구름처럼 피어 오르고 있었다. 거울을 보지 않더라도 내 얼굴이 붉게 상기되어 오고 있음을 느낄 수 있었다.

잠시나마 자유를 저당잡힌 징용자라 하더라도 나는 사내 꽃이인데…….

이튿날이었다.

그런대로 오기하라 의무장이 챙겨 보낸 약 몇 가지에 치료 기구가 도착되었다.

상자를 끌러서 그 안에 있는 약들과 기구들을 닦으면서 시렁에 나란히 정열하고 있을 때 어제의 두 아가씨들이 또 다시 찾아왔다.

그녀들은 내가 시키지도 않았는데 걸레질도 하고 바닥을 닦아주기도 하며 내 일을 도와주고 있었다.

내 옆으로 가까이 와서 테이블을 닦는 아가씨는 보기 드물게 잘 생긴 미인이었다. 또 한 아가씨는 예쁘다기보다는 보면 볼수록 귀엽게 생겼다. 둘 다 열아홉 살쯤 될까 말까 했다.

하늘거리는 얇사한 블라우스 속에 봉긋하게 솟아오른 두 개의 유방, 끊어질 듯한 가는 허리, 늘씬한 키, 아오자이 속으로 비쳐 드러나는 미끈한 다리, 그녀들은 나로 하여금 다시 군침을 흘리게 했다.

일주일 지나서 알게 된 일이지만 그곳에는 350여 명의 공원과 300여 명의 현주민인 쿠리(원어 뜻은 중국의 하급 노동자를 말하나 여기에서는 잡일하는 인부를 말한다)들이 있었다.

나는 굶주린 이리의 모습으로 그녀들에게 손을 뻗쳐 볼까 마음먹었으나, '우찌무라도 누구도 또 누구라도 나와 같은 남자가 아닌가. 어찌 꽃을 본 나비가 그 위에 앉지 않으려 할 것인가?' 하고 생각, 행동을 삼가기로 마음먹었다.

'누울 자리를 보고 발을 뻗으라'는 우리 선조가 하신 말씀, 처세훈이 있지 않던가.

'징용자의 주제에……. 아니다, 벌이나 나비가 아무 꽃이나 좋아하는 것은 아니다. 가려서 앉듯이, 그녀들이 나를 좋아하는지도 모른다. 그것도 한꺼번에 둘씩이나……'

내 나름대로 계산도 해 보았다.

괜히 섣부른 수작하다가 치정사건으로 다시 군형무소에 가게 되면 이젠 정말 끝장이라는 생각이 미치자 간담이 서늘하기조차 했다.

그런데 이게 어찌 된 일인가! 그녀들은 다음날도 그 다음날도 의무실에 찾아와 청소를 해주는 등 제법 시시덕거리며 놀다가 가는 것이었다.

한 마디로 말해서 꼬리를 흔들며 나를 꼬시기에 열을 올리고 있었다고 말해야 옳을 정도였다.

어쨌거나 나도 환자가 없는 이 의무실에서 그녀들과 한 마디씩 말을 배우며 노닥거리는 일이 나의 일과가 되었다.

차츰 대담해졌다.

나란히 앉았다가 나는 모르는 척하고 유방을 부딪쳐 보다간 슬쩍슬쩍 만지기도 했고 더러는 궁둥이를 두들겨 보기도 했다. 반응을 보기 위한 군대 용어로 적정 탐색전이었다.

유방을, 허벅지를, 다리를, 궁둥이를, 때리고 건드려도 방그레 웃을 뿐 싫어하는 기색은 안 보였다. 오히려 두 아가씨가 서로 시샘하면서 내 손길이 닿기를 기다리는 눈치였다.

다시 며칠이 지나갔다.

날이 지난 만큼 나와 그녀들과의 사이는 가까워지고 있었다.

흔히 말하는 여자의 제2 정조라 하는 키스 일보 직전에 가고 있었다.

두 아가씨가 같이 붙어다녔기에 틈이 없어 하지도 못했지만……

꼬리가 길면 밟히는 법. 내가 의무실에서 두 꽁가이와 시시덕대는 것을 하기스지 부대장에게 들켰다.

순간 그의 눈빛이 차갑게 빛나고 있었다.

무척 불쾌(?)하다는 표정이었다 .

'자기가 좋아하는 여인을 가로챘다는 뜻인가? 자기보다 두 꽁가이들이 나를 좋아해서 시기심이 생겨서인가?'

이리 저리 생각해 봐도 알 듯 모를 듯한 그의 마음이었다.

명색으로는 그래도 징용자일망정 의무장이고 환자 없는 시간에 객수를 달래려고 아가씨들과 한담하고 있는데 부대장이라고 해서 심하게 잔소리를 칠 것도 없지 않은가! 하기로 들면 계급으로나· 직책으로나 못할 것도 없지만······.

하지만 이 일에 대해 아무런 말도 없었다. 다행이라고나 해둘까(?).

또 며칠이 지났다.

그 날은 한 아가씨만 나를 찾아왔다.

웬일인지 까닭을 알 수 없었으나 물을 수도 없었다.

그녀는 어디서 구해 왔는지 망고라는 잔털이 부성부성 달린 과일을 가지고 와서 먹는 법을 가르쳐 주었다.

가슴에는 명찰이 붙어 있었다.

하나꼬라고 적혀 있었고 성은 없었다.

나는 하나꼬가 주는 망고의 껍질을 벗겨내고 맛있게 먹었다.

"하나꼬!"

나는 그녀를 보면서 불렀다.

그녀는 숙였던 머리를 살포시 들어 보였다. 두 사람이 왔을 때와는 영 딴판으로 사람이 바뀌어 있었다.

그토록 해맑던 얼굴 위에 어딘지 모르게 슬픔이 깃들여 보였다. 그녀가 말하는 월남어를 나는 알지 못하니 깊은 속내를 알 수 없었다.

우리는 눈으로만 말을 주고받았다.

마음과 마음이 이어져 우리는 누가 먼저랄 것도 없이 착 달라붙어만 갔다.

그녀는 이글이글 정염에 타오르는 내 눈빛을 한 번 읽었다. 선하디선한 눈빛을 서로 본 듯했다.

나는 서슴없이 하나꼬의 손목을 꽉 쥐었다. 그리곤 입술 가로 내 입술을 움직여 끌고 갔다.

자연스러운 입맞춤, 키스가 이루어졌다.

나는 무아지경에 빠져들면서 정신없이 그녀의 부드러운 혀를 빨고 또 빨았다. 그녀가 내 혀를 살긋이 물다가 힘있게 빨아댔다. 우리의 몸은 자꾸만 더워 갔다.

숨결이 가빠지면서 내 손은 어느새 그녀의 터질 듯한 유방을 주무르고 있었다. 폈다 놓았다 하기를 그 몇 번인지……. 불그레한 그녀의 홍조는 자꾸만 짙어갔다.

번갈아 다시 풍만한 동산을 오르기 시작했다.

달아오른 내 열정은 왼손으로 옮겨져 아래로 내려와 축축히 젖어드는 하나꼬의 아오자이 속살 수풀 속을 헤집고 있었다.

물컹하고 물 괴인 곳을 만났다.

눈을 지그시 감고 꿈속을 헤매는 요정이 된 하나꼬. 얼굴에서는 조금 전의 그늘이란 찾을 수 없고 광기에 요기가 넘쳐 흐르고 있었다.

우리는 씩씩거리는 서로의 숨소리를 가누지도 못한 채 아무렇게나 바닥에 쓰러지고 말았다.

어느 틈엔지 아오자이는 배꼽 위로 올려지고 내 성난 대가리는 하나꼬의 숲속 그곳을 찾아 진격하고 있었다.

실로 오랜만의 입성이었다.

얼마나 기다렸던 입성인가.

나는 입성한 여세로 하나꼬를 으깨어 부서지도록 껴안았다. 십년 가뭄에 마를 대로 마른 내 팔이 단비를 맞은 듯 젊음이 되살아났다.

입성한 대가리는 물고기가 물을 만난 듯 전후 좌우로 헤엄치고 있었다. 수 없는 자맥질을 해댔다.

지칠 줄 몰랐다. 더욱 힘껏 해댔다.

징용살이 4년 만에 처음 해보는 '자맥질'이었다.

그동안 못한 것, 다시 만날지도 모르는 이 젊음의 환희를 놓치고 싶지 않았다.

3년 전 광주 시청 앞에서 살짝 맡아 본 영숙의 땀 냄새말고는 실로 얼마 만인가.

그녀의 숨소리가 한결 높이 오르면서 요동을 쳐댔다.

나를 감싼 하얀 팔에 힘이 더해지는 것을 느꼈다.

두 발을 꼰다. 폈다. 더 세게 감쌌다.

내 대가리는 깊이 깊이 들어가 사방 벽을 핥는다. 또 핥는다. 그녀가 다리를 위쪽으로 모은다. 빠져 나온 내 혀를 찾는다. 다시 빨다간 혀를 내 입안으로 들이민다.

다시 경련을, 격동을 해댄다. 이에 질세라 핥기를 끝낸 나도 대가리를 뺐다가 다시 들이밀면서 피스톤이 되었다.

거대한 힘을 가진 피스톤이다.

드디어 그녀의 거친 숨소리 속에 '으응…' 하는 신음 소리가 새어 나온다.

나는 최고의 황홀경 속으로 몰아 들어간 대가리를 타고 나오는 그 무엇을 느꼈다. 폭발적으로 터져 나가는 느낌이다. 이에 질세라 그녀의 눈동자는 하얗게 바뀌면서 내 몸을 으스러지도록 감싼다.

천국을 바로 여기서 만난 듯하다.

하나꼬 역시 올라챌 대로 올라채는 듯했다. 오르가즘에 도착한 듯하다.

우리는 서로의 극점에서 만났음을 다시 축복하면서 천국에서 내려오다가 이런 소리를 들은 듯했다. 착각임이 분명하다.

'지금 네가 어디에 있는데 이런 불충을 저지르고 있느냐? 너는 죽을지 살지 모르고 만용을 부리고 있다. 여기가 네놈의 향락을 제공하는 곳인 줄 아느냐? 조센징노구세니(조선인 주제에), ×××를 함부로 놀려! 내 말 한 마디면 네놈은 간 곳도 모르게 사라져!'

분명 하기스지 부대장의 목소리다.

어느 날인가, 내가 이 꽁가이들과 시시덕대는 것을 보고 못마땅해 하던 그 눈빛이 떠올랐다.

금방이라도 의무실로 들어서며 불호령을 내릴 것만 같은 마음이 든다.

그러나 이런 배짱도 생겼다.

'대주는 것을 못하는 것도 바로 천황에게 불충이지 않느냐! 상륙작전을 할 기회가 있어도 전투를 하지 않고 상륙을 해 점령하지 않는 병사는 불충하는 것 아니냐!'

지금 생각해도 그 날 대낮의 정사는 나에게는 대단한 일이었다.

하기스지 부대장에게 들켰더라면 대단한 사건이 되었을지 모르나 아슬아슬한 30분 가까운 시간의 환희는 스릴 만점이었음은 두 말할 것도 없다.

위험한 30분의 정사터널을 무사히 통과하고 나니 나에게 새로운 인생이 열리고 희망찬 내일이 있는 것처럼 느껴졌다.

두 아가씨 중 한 아가씨 아이꼬가 협조(?)해 주어 무사히 마칠 수 있어 보답을 뭘로 할까 찾아 보았다. 그날 하나꼬가 처음 의무실에 왔을 땐 수심에 찬 얼굴이었는데 30분간의 역사를 마친 뒤에는 분명 달라보였다. 옷을 털며 일어나 거울 앞에서 머리를 매만지는 하나꼬의 얼굴에서도 내 얼굴처럼 빛이 나고 있었다.

의무실을 나서는 그녀를 선 채로 다시 꼭 끌어안고 진하게 한바탕 입술을 퍼부으면서 귀에 대고 '아리가도…… 다시 만나기를……' 약속하고 떠나 보냈다.

그녀들 쪽의 사정은 이야기를 안 들어서 모르지만 그녀들은 숙사에 출근하여 잔심부름을 하고 퇴근하고 나면 자유로운 시간을 갖는 쿠리 비슷한 여성들이었던 것 같다. 월남 역시 일본의 점령하에 있었으니까 생각해 보는 추리다.

이래서 나는 내 인생의 일기 속에 이 날의 30분 정사를 '기적'이라고, 두 글자로 적어 두고 싶다.

사실, 왜 그녀들이 하나꼬에 아이꼬라 이름지어졌는지 모르나 일본 군인들이 이렇게 이름을 붙여 불렀다고 누구는 말하기도 하지만……. 아직도 의문이 남는 수수께끼이고.

하나꼬와의 춘사를 끝내고 난 나는 그녀의 체취를 여기저기에서 맡으려고 허둥댔다.

'참! 영숙이는 어느 섬 하늘 아래서 뭇사내놈들에게 시달림을 당하고 있을까? 얼마나 많은 황국군의 노리개가 되고 있을까?'

생각하면 할수록 풀 길 없는 분노가 나도 모르게 복받쳐 올랐다. 생각도 고쳐 보았다.

'아닐 거야, 아무렴 잘 있겠지. 내가 돌아가면 만나서 이런 저런 이야기하면서 사랑을 속삭일 테야…….'

나는 나른한 몸을 이끌고 잠자리에 들었다.

니꾸이찌(29 : 1)

　하나꼬와의 한낮의 정사 속에서도 영숙의 안부를 걱정하던 나에게 꿈속의 희망 사항이 눈앞의 현실로 나타났다.

　조상 할아버지의 음덕이라고나 할까?

　무슨 말보다 김영숙이 내 앞에 나타난 것이다. 느닷없이 후송중 오기하라 의무장에게 나를 안다는 여인이 있어 확인차 데려왔다는 것이다. 별의별 생각이 들었다. 뜻이 있으면 길이 있다더니……. 광주인 내 고향 땅은 아니더라도 반가웠다.

　김영숙이 나에게 들려 준 이야기는 한 마디로 인간 지옥의 생생한 증언이었다.

　밑창, 우습게 들리겠지만 영숙의 ××가 망그러져서 헐렁거리게 되었고……. 상대하는 군인들마다 '저것은 못쓰게 되었어, 버려야 할 때가 되었어'라고 말하는 소리를 듣게 되었다는데 그 말이 윗선에 어떻게 전달됐는지, 아니면 하늘이 도왔던지 트럭섬에서 이곳 싱가포르까지 반송(?)되었다는 것이다.

그리고 더 이상의 기갈난 군인들을 접대하지 않게 되었고 하루 걸러 잠시 사무실에 들를 정도의 근무만 하게 되어 살 것 같다고 했다.

남자인 나 역시 지나온 날들이 또한 나름대로의 인간 지옥을 거쳐 왔고 지금은 벼락감투를 쓰고 쓰도무 지구의 의무장으로 있어 고된 중노동은 면하고 있으나 빼앗긴 자유, 유보된 자유의 몸이기에 인간지옥 속에서 사는 거나 다를 바 없었는데 여자로서 얼마나 치욕스런 날들을 감내하며 가슴을 두드려 왔을까(?) 짐작이 되고도 남았다.

그러니까 광주의 일인식당 주인 이노우에에게 마지막 인사를 하고 내가 고향에 가서 어머님과 같이 하룻밤을 광주에서 지내고 그 이튿날 광주 시청 앞의 집결장소에서 영숙이 싸준 빵 4개를 받으면서 '잘 있으라. 살아서 돌아올 테니……' 하고 작별한 것이 1941년 초겨울이었으니 햇수로 3년이 훨씬 넘는 세월이다.

정확히 말해 1944년 11월 30일경이니 3년 8개월 만이다.

"그날 오빠를 떠나 보낸 뒤 식당에 돌아오니 허전하기가 이를 데 없었습니다. 홀에 나가도, 주방에 들어가도 건너방에서 오빠의 인기척이 금방이라도 날 것 같아 견딜 수가 없었어요. 하루가 가고 이틀이 가고 날이 갈수록 오빠가 보고 싶어졌지요. 계실 땐 그런 것을 못 느꼈으나 떠나고 나니 정말 그리워지기만 했어요. 이래서 나도 식당을 그만 두고 고향으로 내려갔지요. 지금 생각해도 그것이 잘한 것 인지 분간할 수 없으나 이렇게 오빠를 만날 수 있고 보니 잘한 것 같아요."

영숙은 울기 시작한다.

지금 이곳까지 끌려 와 처녀의 순진함을 무참히 짓밟힌 자기 신세를 생각하고 흘리는 눈물 같았다.

나는 어깨를 가볍게 다독거리며 무슨 말로 위로해야 할 지 모르는 채 무심코 한 마디 물었다.

"그래 그동안 고생은 많이 하지 않았니? 또 언제 집에서 나왔고 여기에 고향 친구는 있느냐?"

"오빠도 잘 알지만 식당을 그만두고 고향(전라남도 ×주 군 ××면 ××리)에 돌아가니 입에 풀칠하기도 어렵다는 보릿고개 소동으로 온 동네가 난리였지요. 어머님은 풀뿌 리에 송기를 먹으면서 집안 가난을 뱃속 가난으로 이어받 아 가고 있었지요. 오빠 때문에 식당에 있기가 싫어 온지 도 모르고 너라도 배곯지 말라고 식당에 보냈더니 왜 돌아 왔느냐고 야단치시는 어머님에게 '식당에 있으니 나를 눈 여겨보는 사람이 많기에 정신댄가 여자 보국댄가에 가지 않으려고 돌아왔어요' 하고 거짓말을 했지요. 사실 집에 오자 사정은 달랐어요. 하루가 멀다고 뻔질나게 면서기, 면장에 주재소 순사가 동네를 돌면서 사람들에게 아들이건 딸이건 내놓으라고 볶아댔지요. B29라는 높이 뜨기만 하는 비행기에서는 금방이라도 폭탄을 떨어뜨릴 듯 으르렁대고. 어른들 수군대는 소리는 전쟁이 막바지에 이르러 일본이 쫓기는 것 같다고들 하고……. 내 짝 인순이는 보름 전 순사에게 붙잡혀 떠나갔고 기와집 큰 대문집 삼례는 부랴부랴 시집을 보냈고, 감나무집 달례는 온 데 간 데 없이 종적을 감추었어요. 아마도 고모부가 총독부에서 일한다는 말들이 있는 서울의 큰 고모네 집으로 피난을 가고……. 그야말로 온 동네가 쑥대밭이 되어가고 있어 나라고 안심할 수 없었지요."

— 이번에 가는 여자들은 일본에 가서 군인들의 밥이나 빨래를 해주는데 한 달에 월급이 40원이나 된대…….

— 아니제, 이번에 가는 여자들은 일본 군인들의 군복을 만드는 대판 군복 공장으로 간다더라.

— 모두 거짓말이래. 전번에 간 인순이가 어떻게 어떻게 해서 일본서 연락을 보내 왔는데 저녁마다 높은 일본놈 잠자리를 깔아주고 발 씻겨주고 안마해 주고 한대. 그러니 잠자리도 같이할 수밖에. 그리고 그 높은 놈이 남양으로 가면서 같이 데리고 간대. 월급이 50원이라고는 하지만 이게 어찌 시집 안 간 처녀가 할 짓이야. 쌀 한 가마 값이 20원이니 두 가마니 값이 넘긴 하지만…….

"별의별 소문이 내 귀에 들어왔어요. 정말 하루 하루 살기가 무서워 죽을 뻔했는데 나에게도 악마의 손길이 와 닿았어요. 1944년 3월 이튿날이던가 면장·순사·헌병이 탄 차가 우리 집 앞에 멈춰섰어요. 헌병은 다짜고짜로 나를 들어올려 차에 태우더니 쏜살같이 주재소로 데려왔어요. 와서 보니 나보다 나이든 여자에 내 또래가 셋이 있었어요. 소문을 듣고 어머니가 달려왔으나 문전에서 쫓겨나고 발만 동동 굴리고 있었어요."

나는 영숙의 이야기를 들으면서 시계를 보았다.

"이제 다음날 만나 이야기하기로 하고 시간이 다 되었으니 돌아가야 하지 않냐?"

"괜찮아요. 오늘 나는 비번이니까 밤 6시까지만 돌아가면 돼요."

그녀는 비번임을 강조했다. 나는 비번이 무엇을 말하는지 알 듯했다.

3년 전 그토록 수줍어 하면서도 얌전하던 김영숙.

세월의 날카로움은 그녀에게도 '비번이니까 괜찮아요' 하고 말할 만큼 변하게 만들었다.

"오빠는 그래도 괜찮네요. 집 떠나면 모두 고생인데……. 얼굴은 탔지만 건강해 보이고……. 참, 나 봐, 어디까지 이야기했더라. 그래서 나는 그 날 어머님과 생이별을 했지요. 눈물이 앞을 가렸지만 그대로 가슴 한 구석에 쌓아 두고 알 수 없는 내일을 살 궁리가 더 큰 문제였지요."

"그래서?……."

"자동차에 실린 채 열 시간 넘게 실려갔어요. 내리고 보니 여수였어요. 억지로 고향을 눈밖으로 밀어내고 여기저기서 모아 끌려온 나와 같은 큰 야들(아이들)이 여수 역전에 백명이 넘게 모여 있었어요. 계속해서 여기저기서 꾸역꾸역 여자들이 쏟아져 나왔고요."

"⋯⋯."

"얼굴에 꽃다운 십팔세의 빨간 뺨 대신 통통 부은 눈들이 썩어들어가는 동태 눈깔처럼 빛을 잃고 있었어요."

"음⋯⋯."

"여수 앞 바다 가득히 어둠이 깔리자 긴 칼을 찬 순사들은 우리들을 우리 속으로 몰아대는 소떼처럼 채찍을 휘둘러대며 부두에 정박해 있는 배에 태웠어요. 부산으로 가는 거라고 했어요. 우리들은 누구랄 것도 없이 뱃고동이 울리자 와르르 눈물의 합창이 시작되어 다시 통통 부은 눈 위에 덕지를 끼었지요. 배 속에서 저녁밥이라고 김밥을 네 개씩 주었으나 누구도 입에 넣지 않았어요."

"저런⋯⋯."

"나는 순천에서 왔다는 아가씨와 이야기를 나누며 시름을 잊으려고 애썼어요. 이름은 양순심이라고 했고 나와 같이 열여덟이라고 했어요. 얼굴이 갸름하며 나보다 훨씬 예뻤어요. 웃을 땐 보조개가 들어가 예쁘기가 그만이었어요."

"음음⋯⋯."

"그녀, 순심이도 밭에 갔다가 오면서 붙잡혀 왔다고 했어요. 농사짓는 농군 아버지, 오빠는 오래 전에 징용으로 일본에 잡혀 갔고 남동생은 소학교 5학년이라고 집안 사정

을 이야기하면서 어디를 가건 같이 다니자고 약속까지 하
다간 우리는 자기도 모르게 잠이 들다간 깨곤 다시 잠 자
기를 되풀이했어요."

나는 될 수 있는 대로 영숙의 이야기를 자세히 듣고 싶었
다.

서너 가지의 이유 때문이었다.

첫째, 징용도 징병도 그렇지만 여자 노동보국대네 종군
위안부네 정신대네 해서 남의 나라 전쟁에 개죽음을 당하
는 우리 동족들의 애달픈 고난사를 정확히 알아 그 실상을
훗날 기록으로 남기고 싶었다.

둘째, 이 사실 기록이 우리의 2세에게 전달되어 선린 우
호네 일의대수(一衣帶水)네를 입으로만 부르짖고 있는 경
계해야 할 오늘의 우방 일본의 야누스적 얼굴을 알리고 싶
었다.

셋째, 종전 50여년을 맞는 오늘의 시점에서조차도 미해
결의 장으로 남아 있는 '한 · 일 과거 청산'의 법적 자료,
청구 자료를 생생히 만천하에 공개하고 싶은 까닭이 당시
에도 내 가슴에 잠재해 있었다.

연일 자기네 땅이라고 주장하는 독도 망언에 일본 각료
들의 망언들은 우리 2세라면 한 사람이라도 더 많이 알도
록 일본족의 실상(죄악상)을 기록으로 남겨 두고 싶었던
것이 넷째 이유이기도 했다.

기록이란 일부러 파괴하거나 소각하지 않으면 천재지변

에 인재가 끼지 않는 한 없어지지 않는 법이다.

또한 인간이 남긴 자취(선악을 불문하고)도 영구히 남는 법. 고대 이집트의 왕의 신격을 지닌 피라미드 역시 영원한 기념물이 된 기원 전 2900년경 쿠푸(Khufu)왕이 처음으로 만들었다지만 사람의 손이 가서 깨뜨려 없애지 않는한 그대로 있는 것처럼 말이다.

이래서 우리는 우리 선인들이 일본인에게 당했던 수난의 역사가 비록 치욕의 역사이더라도 바르게 전해야 할 의무가 있기도 하다.

하긴 10여년 전인가, 『문예중앙』(계간지)에 이런 글이 실려 있었던 기억이 난다.

"……몇년 전 프랑스의 어떤 우익 집단이 제2차 세계대전(태평양전쟁)때에 유태인 600만 명이 나치의 가스실에서 독살 당했던 사실을 역사적 사실로써 입증하는 사람에게는 거액의 보상금을 지급하겠다고 공언하여 세계를 놀라게 한 일이 있었다. 세계가 이 공언에 놀란 데에는 두 가지 이유가 있었다. 나치의 유태인 인종 멸종 정책과 그 실행이 지금에 와서는 부정할 수 없는 역사적 사실이 되고 있음에도 그렇지 않다고 발뺌을 하고 있는 까닭이고 여기에 더 나아가서 지금에 와서 그것을 입증해 보려는 것을 역사의 돈키호테가 아니면 생각해 볼 수조차 없는 일이지만……"으로 생각되나 오늘날 한·일 양국에 있어서도 '종군 위안부·징용자에 관한 전후 처리 문제'와 '종전 전후의 미진한 문제' 해결을 위해서는 조그마한 증거나 자료라도 기록으로 남겨야 할 것이다.

한 · 일간에 '미해결의 장' 은 수없이 많아 양국간에 현안이 되어 있음이 사실이다.

나는 그 가운데 조선인 여자 애국봉사대라는 미명으로 감춘 위안부 · 정신대에 관한 것만이라도 이모저모를 살펴보려는 까닭이 거기에 있다.

1944년 8월 공포된 '여자 정신대 근무령' 으로 조선인 여자 2만여 명이 일본군의 노리갯감으로 꽃다운 청춘을 버렸지만 군대 사기를 위한 위안소 개설은 약 100년 넘게 위로 거슬러 올라간다.

1984년 3월 13일자 J일보의 관련 기사를 간략하게 간추려 본다.

천황의 군대 침략은 항상 한 손에는 칼, 그리고 또 한 손에는 여자로 이루어졌다.

1894년 4월 6일 청일전쟁으로 오시마 혼성 여단이 서울에 진입하자 그 수요를 위해서 현 서울 묵정동에 70평의 공창가가 생겨났고(1904년 6월), 그 뒤 노일전쟁 당시 기고시여단 때는 7천 평 규모의 신마찌로 늘어났다.

또 1918년 시베리아 출병 때 7개 사단 가운데 1개 사단이 성병 환자로 폐인이 되게 하였다. 이 어처구니없는 소모를 막기 위하여 1931년 9월 만주사변 당시에는 군용 공창가가 고정화 되어 일본군 가는 곳마다 위안소가 생겼고 최전선 수비대를 위해서는 출장 위안부가 파견되기도 했다.

이와 같이 일본군의 병사 위안이라는 전통은 1938년 1월의 중일전쟁 때는 샹하이 부근 공창가에 육군 위안소를 열었다.

10개의 골방을 가진 10동의 목조 건물로 24명의 일본 여자와 80명의 조선 처녀가 항시 대기하고 있었는데 조선 처녀들은 속임수로 끌려 온 대부분의 남선(남한) 출신이었다.

이들 위안부는 군과 결탁한 매춘업자가 제공, 또는 보급 장교가 모집에 나서기도 하였다.

이때까지는 일본 처녀가 아닌 조선 처녀에게는 강제성은 띠지 않았다.

그러다가 전쟁의 확대로 그 수요가 폭발적으로 늘어나자 일본군부는 마침내 그 모집에 강권을 발동하기 시작했다.

1941년 7월 관동군 24만 명을 75만 명으로 증강시켜 대소 전략의 일환으로 삼았으나 이 때 관동군 보급 담당 참모 하라가 총독부를 방문 '조선 도라지꽃'(조선여성) 2만 명을 요구, 1만 명을 관동군 쪽으로 끌어갔다.

이것이 조선에서 도라지꽃을 끌어 낸 공출의 시초다.

공출, 아니 처녀 사냥은 하라 참모 → 총독부 → 도청 → 군청 → 면사무소(주재소) 순으로 할당되어 면직원과 순사가 여공 · 간호부로 속여 끌어내 갔다. 물론 인간 사냥도 계속되었다. 국민 동원 계획으로 징용 노동자 기타 등으로 대전 중 72만 5천 명을 끌어갔다.

또한 속임수로만 그 수요를 채울 수 없게 되자 여자 정신 대 근무령을 만들어 만 12~40세의 독신녀 전체를 정신대 의 대상자로 규정하였다.

정신 근로대 영장 한 장으로 끌려간 이른바 여자 정신대 는 거의 전원이 일본군의 위안부로 충당되었다.

논밭에서 일하는 조선 처녀를 붙잡아 차에 태워 강제 연 행했고 망향에 몸을 태우는 일군들을 위한 노리개로 떨어 뜨렸다. 사람 대우를 못 받는 것은 물론이고, 이 만행은 이 렇게 하여 이 조선땅 구석 구석에서 펼쳐지고 있었다.

당시 기록을 보면 서울 방산초등학교에서는 도덕 점수가 뛰어난 12살짜리 여학생만을 선발 도쿄를 구경시켜 준다 고 속여 6명을 정신대로 끌어갔는가 하면 초등학생 정신대 강제 모집을 학교별로 배정 100명을 서울역에서 보냈다고 하며, 어린 여학생에게 정신대 가면 배고픈 일도 없고 1주 일에 한 번씩 영화도 볼 수 있고 학교도 다닐 수 있다. 그 리고 군수산업 공장 같은 데서 일을 하면 돈도 벌 수 있다 고 속여 데려갔다고 한다.

우물가에서 빨래하다가, 어린애 젖먹이다가, 부엌칸까지 쫓아가 끌어가고 장에 갔다가……. 처녀 사냥하는 사냥개 눈에는 나이도 아무 것도 안 보이고 오직 치마만 두르면 사냥감이었다 한다.

이렇게 끌려간 '도라지꽃' 여자 정신대(위안부)의 수효 는 17~20만 명으로 추산된다.

일본군은 이들을 이름 대신 물품대장에 숫자만 적어 군

수품으로 취급하였다.

더욱 기막힌 것은 천인이 공노할 놈들의 수요 공급의 원칙이다. 이른바 니꾸이찌(29 : 1)란 일본군 29명 앞에 위안부 1명 꼴이라는 말이다.

한창 연전연패하는 일본군에게 총알 공급도 달리는데 군수품인 '성의 도구(?)'가 원활할 턱이 없었다. 이래서 이 '니꾸이찌' 원칙이 지켜질 리 없어 이곳 저곳의 부대에서는 백 명을 상대하기도 했다고 한다.

영숙은 다시 이야기를 계속했다.

"오빠, 내가 이런 이야기를 다 하는 것을 용서하세요. 부끄러움도 이곳 저곳 산전수전을 다 겪다 보니 두려움이 없는, 아니 두려움을 모르는 암코양이가 되었지 뭐예요."

"그래 여수서 배를 타고 일본 어디로 갔었지?"

"나와 양순심이 등 백명 넘게 우리를 실은 배는 밤새 달려 부산항에 정박한 것이 이른 아침이었어요. 부두에는 여기저기서 끌려온 수천 명으로 여겨지는 처녀들이 앉아 웅성거리고 있었고, 여기서도 놈들은 우리들을 사람 취급을 해주지 않았어요. 팔에 빨간 완장을 두른 헌병대, 순사와 군인들은 설쳐대며 동산 만한 큰 배에 올라타라고 했어요, 돼지나 소를 모는 것처럼 동작이 늦으면 손에 들고 있던 몽둥이로 머리통 몸통 아무데나 갈겨댔어요. 긴 칼과 총까지 가진 일본 군인들은 총대로 밀어대며 설쳐대는 바람에 나와 순심이는 잡고 있던 손을 놓치고 말았어요. 서로 이름을 불렀고 울음소리로 왁자지껄해졌어요. 우리들은 놈들이 휘두르는 매·몽둥이·칼·총대머리가 무서워 부둣가에 정박해 있던 이 배 저 배로 마구 올라탔지요. 이것으로 양순심이와 헤어지게 될 줄은 몰랐어요. 허겁지겁 배에 올라탄 나는 순심이를 눈으로만 찾아보았으나 보이지 않았어요. 지금은 안 보이지만 제발 이 배 안에 타 주었으면… '곧 다시 만나게 되겠지…' 하는 생각만 갖고서 발만 동동 굴렀지요."

"그런데?……"

"등화관제 탓으로 부두며 그 앞에 있는 오륙도에도, 바다 위에서 불빛이 모두 눈감고 있었어요. 하늘과 바다뿐 어디쯤인지 짐작도 가지 않는 바다에서 뱃머리를 달리하고 있음이 배 창문을 통하여 볼 수 있었어요.

"으음……"

"나는 그래도 배 속 이쪽 저쪽을 돌아다니면서 찾아보았아요. 오빠는 남자라 그래도 괜찮지만 나 같은 여자는 낯선 사람들과 같이 있기보다는 그래도 순심이와 나는 열 시간 가까이 서로 의지하며 앞날을 같이 살기로 약조까지 하면서 정을 나눴으나 순심이 없는 지금은 외로움이란 말할 수 없었어요. 나는 순심이만을 부르다가 배멀미가 나서 아무렇게나 배바닥에 널브러져 있는 처녀들 위에 나도 정신을 잃고 잠이 들었어요. 얼마가 지났을까 옷깃 속으로 스며드는 찬 기운에 눈이 떠졌어요. 아침을 맞이한 것이지요."

"그래서⋯⋯."

"지루한 뱃길이 십여일 계속되다가 우리가 내린 곳은 '버마(미얀마)' 라는 곳이었어요. 그곳이 양군인가 랑군인가 하는 땅이었어요."

그렇게 영숙이 보름 만인가 처음으로 땅을 밟아본 땅이 랑군이었다면 지금의 미얀마(옛날의 버마)의 수도가 아닌가. 내가 방콕에 오기 전 이곳을 잠깐 들른 기억이 나는 곳이다.

영숙의 말대로라면 이곳에 온 날이 1944년 4월 초라니 이 랑군을 일본군이 손아귀에 넣고 잡탕스런 온갖 짓을 저지른 뒤가 아닌가 하고 생각되었다.

그것도 이웃 인도를 점령하려는 일본군의 계산이었기에 출발 기지로서 잠깐 머문 곳이기도 했다. 인도만 손안에 넣으면 영국이 한풀 꺾여 손을 들 것이고 미국 영국에 이어 장개석 군도 항복하리라 하는 계산이었다.

그러니까 일본군이 진주만 기습 이후 동서남북으로 승기를 잡은 뒤 3만의 대군으로 타일랜드의 국경을 넘어 랑군을 점령한 것이 1943년 3월 8일이었다.

이날부터 수도 랑군의 모든 창고는 일본군 손으로 활짝 열렸다.

쌀은 산더미처럼 쌓여 있었다.

부둣가에 즐비한 큰 창고에도 수만 병의 맥주와 술, 벨베트와 식료품, 통조림 등이 무더기로 쌓여 있었고, 군화에

니
꾸
이
찌

군복·군장비 등은 미처 치우지도 못하고 도망치면서 남긴 것들이다.

'마셔라! 마셔라! 처칠의 선물'이라고 외쳐대며 일본군은 마구 마셔댔다.

모든 호텔과 나이트 클럽 댄스홀은 땀에 젖은 군복의 일본 사병들로 들끓었다. 그저 꿈만 같은 일본군들의 순간이었다.

배불리 먹을 수 있었으나 하나가 없어 아쉬워했다. 그것은 혈기 방장한 사내놈들에게 솟구쳐 오르는 성욕을 어떻게 처리해야 할지 몰랐다.

사람의 성욕 역시 인간의 기본 욕구 가운데 하나다.

'배부르고 등 따시면(따뜻하면) 생각나는 것이 여자란다' 하고 말씀하시던 어른들의 말이 생각났다.

하긴 나 역시 여자란 김영숙의 손목 살짝 잡아보고 떠나온 것이 3년 전, 그동안 나 같은 하찮은 조선 노동자에게 그런 행운이 올 턱이 없기에 여자를 잊은 지는 오래다. 오직 빨리 집에 가면 그때 실컷 하리라는 마음으로 홀로 오형제(?)의 신세로 끓어오르는 성욕을 억제해 왔다.

일본군 역시 사내놈들이다.

아무리 전쟁에 쫓긴다 하더라도 사내놈이기에 때로는 소갈머리 없는 사타구니 사이에 있는 그놈은 불끈 불끈 천막을 치는 것도 사실일 것이고 더욱이 랭군에 있던 1만 5천명 가까운 젊은 사내놈들은 영국군이 데리고 논 여자들 숫자로는 니꾸이찌(29 : 1)가 아닌 니히야꾸이찌(200 : 1)

정도나 된다고 해야 할지 몰랐다.

그도 그럴 것이 군대는 계급 사회!

높은 놈들이 챙겨 먹기(?)에도 턱없이 부족한 형편이기에 일본군 졸병들은 그림자도 구경하기가 어려웠다.

그 무렵까지 이른바 천황 폐하의 군대인 황군의 사기를 위하여 일본군이 가는 곳이면 어디든지 일본의 술집이나 사창가로 지원자를 1937년~1940년 사이에 일본에서 일본 여자를 보내 즐겁게 해주었다.

천황의 하사품이라 해서 중국 북부에서 남태평양까지 고루 보냈다. 이도 모자라 일본 군부는 조선 여성을 전선에 투입하기에 이르렀다.

1981년 8월 29자 H일보가 한·일 역사의 피안을 캐는 현지 취재(이대 윤정옥 교수)를 보면 한국 여성이 전선에 투입된 까닭이 자세히 나와 있다.

"……한국 여성이 대거 동원된 데에는 이유가 있었다. 이소우라고 하는 군의의 〈화류병과 일본 위안부에 대한 의견서〉에서 '전쟁터에 투입되는 창부는 나이가 젊으며 매음 행위에 경험이 적고 성병에 감염되지 않은 여자를 필요로 한다. 일본인 위안부의 대부분은 이미 매음 행위를 경험한 여성들인 데 비해 조선 여자의 대부분은 젊고 초심자라는 것이 흥미있는 대조를 이루고 있다.' 아마도 이 의견서가 결정적인 방침이 된 것으로 관동군 후방 담당 참모 하라겐 시로가 총독부 총독국에 군인 위안부 동원을 의뢰했던 것이다. 이 동원 명령은 즉각 받아들여져 도·군·면으로 내려보내 1만 명의 조선 여자를 끌어 모았다"라고 적고 있다.

우리가 잊지 못할 것은 가장 이름을 날린 사람은, 처녀 사냥꾼은 요시다세이지라는 인간 사냥꾼 대장이었다.

"조선 여자는 예쁘다. 조선 여자는 신선했다. 굶주린 일본군에게 천황의 하사품으로는 그만이었다."

그 인간 사냥꾼은 조선 방방곡곡을 누비고 다니면서 항상 이렇게 떠들어댔다고 한다.

총독부는 처음에는 조선 사람들이 가난하게 사는 것을 면해 주기 위해 일본은 군수공장이나 군사시설, 그리고 부대에 가서 군복 세탁이나 밥지어 주는 일이고 월급도 많이 준다고 속여 데려갔으나 이런 속임수가 들통나자 처녀 사냥으로 책임량을 충당했음은 앞서 말한 바다.

앞뒤를 살펴보아 나도 이젠 영숙의 일본 군인놈들 노리개 노릇을 보는 것만큼이나 소상하게 생각되었다.

오빠, 동생으로 서로를 아끼고 아낌을 받았으나, 친남매가 아니고 다른 남임이 분명했고, 아는 여자가, 여자 몸이 때로는 그리운 사내놈이기에 맑은 정신으로 이야기하기도, 이야기 듣기도 괴로웠다.

그래도 나는 숨겨 둔 역사가 되어서는 안 된다. 내가 살아 돌아간다면 이름을 숨기고라도 꼭 이런 사실만은 글로써서 책으로 남겨 두고 싶으니 눈을 감고라도 자세히 알려 달라고 설득, 자세히 듣게 되었다.

오빠, 그러니까 내가 랭군에 오던 날, 긴 여독이 풀리도
록 우리를 일본 군인들은 놓아두지 않았어요. 우리들은 숨
돌릴 사이도 없이 8~22명씩 집단을 이루어 일본군이 있
는 곳으로 배치되었으며 이때부터는 변소 가는 것까지도
허락받아야 했어요. 일본군인 규율에 따라 복종해야 한다
고 하면서 학교 같은 건물 속 작은 방에 집어넣는 게 아니
겠어요. 그러고는 아침 10시부터 오후 5시까지 일본군의
성적 욕구를 만족시키는 도구 노릇을 시켰죠.

방벽에는 한자 섞인 위안소 규정이 붙어 있었어요. 대충
떠듬거려 읽어보니 다음과 같다고 생각돼요.

· 본 위안소에는 육군 군인(군속을 제한) 이외의 사람
  의 입장을 금한다. 입장자는 '위안소의 출장증'을 소
  지할 것

· 입장자는 필히 접수계에서 요금을 지불하고 입장권을

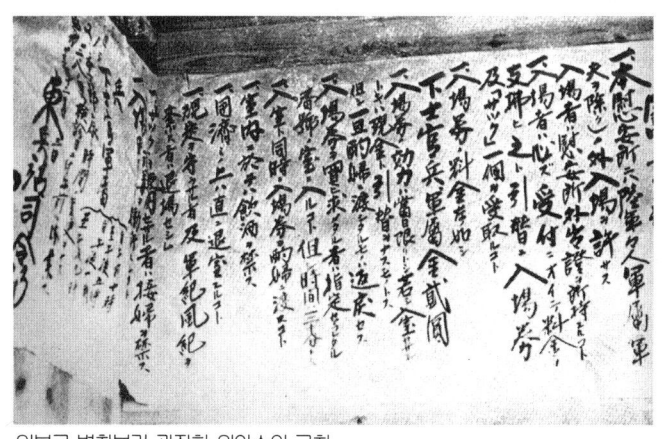

일본군 병참부가 관장한 위안소의 규칙

사야 한다. 또 색크 1개를 받아야 한다.

· 입장권의 요금은 아래와 같다.

하사관 · 군속 금 2원

· 입장권을 산 자는 지정된 번호의 방에 들어갈 것.

단 시간은 30분으로 한다.

· 입실함과 동시에 접부에게 넘겨 줄 것

· 방안에서 음주를 금한다.

· 용무가 끝난 자는 즉각 퇴실할 것

· 규정을 지키지 않는 자나 군풍기를 문란케 한 자는 퇴장시킨다.

· 색크를 쓰지 않는 자는 여자와 접촉을 금한다.

이 얼마나 군 직할 위안소라는 맛이 납니까?

여기서 접부란 위안부를 이렇게 불렀어요. 물론 이런 공영 위안소와 같이 보통의 매춘가에서도 위안소란 간판을 걸고 장사를 했어요. 군 위생부의 관리 감독을 받아 가면서 문지방 위에 서비스 만점이라고 쓴 문가리개를 걸어 놓고 있었다고요.

오빠, 나는 이 규정을 읽고 나자 그저 기가 막혔어요. 그동안 속아 살아온 내 자신이 바보스러웠어요? 오빠 없는 광주 식당에서 나오고 보니 먹을 것이 없는 집안 사정을 잘 알기에 후회도 되었지만 군복을 세탁하고 밥을 지어 주거나 군인들을 도와주는 일이 아니면 군수 공장에서 일하는 공장 처녀 공순이가 되어 월급 받아 집에 보낼 수 있다는 감언이설에 솔깃하기도 했었죠. 그 뒤 노리개감이 된다는 소문을 듣고는 꽁꽁 숨어살려고 다짐하다가 그 날 잘못하여 사냥꾼에게 들켜 도락구(트럭)에 실려 여수로 부산으로, 다시 환락의 도시 이곳 랑군(랭군)까지 왔지만 이런 인육시장일 줄은 몰랐어요.

가슴에서는 앞으로 닥칠 일이 불안 초조하여 가슴이 두방망이질을 해댔고 다리에서는 힘이 빠져 나갔어요. 배멀미 탓으로 제대로 주먹밥이나마 먹지 못해 기진맥진 반 죽은 송장 같은 몸뚱이가 되었지요. 이대로 놓아두어도 곧 죽을 것 같았어요.

그동안 허기진 짐승 같은 더러운 군인들에 의해 내 몸이 어떻게 되리라는 상상조차 하기 싫었지요. 그러나 설마 죽기까지 하겠느냐고 마음을 고쳐 먹어도 보았어요.

남자와 여자 사이에 벌어질 일이란 부부 관계 이야기를 고향의 광주 식당에서 틈을 얻어 나가 영화를 본 것이 모두였지요. 처녀 되면 달마다 월경인 달거리를 하고 붉은 피를 쏟고, 남자와 같이 자면서 성교를 하면 애기가 생기고……. 처음으로 남자와 교섭을 할 땐 처녀막이 터지면서 피가 나오고 아프기가 이를 데 없고……. 처녀막이 터지면 처녀의 순결성은 없어지고…….

이 정도의 상식은 알고 있는 나이지만 사나운 이리의 굶주린 성욕이 군인에게서 터져 나온다 하더라도 그래도 사람의 짓이려니 하고 마음을 단단히 도사려 먹고 있었어요.

한데 그게 아니었어요. 군인들은 사납고 징그러운 짐승으로, 이 굶주린 승냥이 떼들은 날이 새기가 무섭게 내 방문 앞에 줄을 서서 기다리고 있었어요. 성급한 군인은 너털거리는 바지 가랭이를 풀어 제쳐 한 손으로 잡고 제 차례를 기다리고 있었어요. 웅성거리는 소리가 수십 명 넘는 것 같았어요. 잡혀 온 강아지마냥 방 한 구석에 웅크리고 있을 때 방문이 열렸어요.

첫 손님이었어요. 어깨에 별 같은 쇳조각을 단 장교였어요. 그는 나에게 아무런 말도 없이 개켜져 있는 모포를 펴라고 손짓하더니 활랑 활랑 옷을 벗기 시작했어요. 다 벗고 나더니 나더러도 벗으라고 했어요.

나는 주춤 주춤하고 그대로 서 있자, '헤이 조센 삐 하야꾸 누께나이까! (야, 조선 계집애 빨리 옷 벗으라)' 하고 다그쳤어요.

나는 어처구니없게 바보스럽게 가슴을 여미며 두 손 모아 빌면서, '다스께데 구다사이(살려 주십시오)!' 하고 모기소리로 말했어요.

배꼽 밑에 달린 벌떡 일어선 ××는 잔뜩 독을 품은 독사 대가리 같았어요.

이때 눈에 불을 쓴 장교는 다짜고짜 나를 나꿔채더니 단추를 풀 것도 없이 덤벼들었어요. 찌익 소리가 나더니 저고리가 찢어지면서 벗겨지고 이어 따귀에 두 눈앞에서 별이 번쩍 빛나더니 옆구리를 걷어찼어요.

다시 '하야꾸' 하는 소리에 치마가 벗겨졌는지 매가 무서워 내가 벗었는지 모르는 사이 알몸이 되어서 담요 위에 눕혀졌어요.

도마 위에 오른 생선꼴이 된 나는 아랫창자에 무거움을 느끼면서 몽둥이 같은 ××의 침입을 받아야 했어요. 그때의 아픔은 뭐라고 말해야 좋을지 정말 말하기 힘들어요.

뼛속까지 파고드는 아픔―.

깨져 나가는 나의 열여덟 해의 순정―.

영원히 아물 수 없는 처녀막의 절개―.

놈은 배 위에서 내 아픔은 아랑곳하지 않고 계속 넣었다 뺐다 피스톤같이 움직이더니 이번에는 집어넣은 몽둥이를 좌우로 움직여 휘둘러댔어요. 다시 위 아래로 용을 쓰더니 다시 몽둥이를 거의 끝까지 빼더니 질척해진 내 질 주변을 몇 바퀴 돌리지 않겠어요. 아픔도 조금은 가시면서 축 늘어졌던 나도 모르게 내 두 팔이 조금씩 장교 놈의 허리를 감싸기 시작했어요.

장교놈은 갓을 돌리더니 다시 깊숙이 집어넣기 시작했어요. 처음엔 그토록 무섭게 보이던 얼굴이 낯익게 보이기 시작하더군요. 장교나 나나 조금씩 극점(?)에로 가깝게 올라가는 최면술 덕인지 모르나……

놈은 쉴 사이 없이 몇십 차례 펌프질을 헤대더니 나를 힘차게 꼭 껴안았어요. 혼신의 힘을 쏟아 아랫쪽으로 몰아넣더니 '아이구 아이구' 하며 숨소리가 가빠지기 시작했어요. 그리고는 내 몸을 으스러지도록 감싸지 않겠어요. 숨이 막힐 지경이었어요. 무언가 뜨끈한 것 같은 것을 느끼기 시작했어요. 장교는 물을, 이른바 사정을 했던 것입니다.

나는 원한, 미움, 서러움도 다 잊은 채……, 장교가 남겨 준 그 뜨끈한 것을 질 속에 받아들이자 내 몸은 비비 배배 몸을 꼬고 움츠리고 할퀴고 쭉 뻗은 두 발을 깍지꼬아 모로 비벼대면서 부르르 온몸이 떨려 오기까지 했어요. 나도 마지막 그 극점을 정신없이 치닫고 있었던 것 같아요.

오빠, 별소리, 못할 소리 없다고 욕하실지 모르지만, 이젠 헌 걸레뭉치가 된 내 몸, 누구도 기꺼이 받아줄 리 없는 가련한 내 몸이기에 뭐가 부끄러워요. 재미있지요. 재미없어요? 더 들어줘요.

오빠! 그 날 그 때 처음으로 이럴 줄 알았더라면 오빠라고 부르는 딴 남인 오빠에게라도 내 순정을 바친 것만 못하게 되었구나 하고 후회도 해본 것이 거짓 없는 내 마음입니다. 결혼이야 하건 안 하건…….

오빠 생각해 봐요. 열여덟 처녀 가슴에는 붕긋이 젖봉우리가 솟아오르고 엉덩이가 둥그스럼해지고 아랫다리가 팽팽히 보기 좋게 살이 오르고 웃을 때마다 불그스레한 보조개가 필 때가 아니겠어요.

남자의 떠억 벌어진 가슴 속에 포옥 안겨 보고 싶기도 하고 사랑하는 사람이라면 함께 자 보고 싶은 생각이 뭉클뭉클 나는 때가 십팔세 이팔 청춘 시절 아닌가요. 이래서 나도 식당에 있을 때도 서산에 지는 달을 보고 괜히 울기도 했던 소녀였기에 이성이 그리웠고 이성을 마음으로나 육체적으로 받아들일 준비가 단단히 되어 있었던 것도 솔직한 고백이라고 할까요? 오빠가 그리웠으나 결혼하기까지

엔 참자 하고 이를 악물며 참은 것이 이런 걸레가 되고 보니 한으로 남네요.

　나는 단둘이만 있는 의무실에서 그녀의 절규어린 만단설화를 계속해서 들어야만 했다.
　하나의 기구한 여인의 반생이라고나 할까…?

　이래서 그 일본 장교(이름도 성도 모르는, 알 필요도 없었지만)가 옷을 벗으라고 때리고 발로 찰 때는 무서웠고 미웠으나 한때의 아픔을 참고 나면서 시간이 흐르자 남자가 무엇이고 더욱이 남자의 성기에서 흘러 나오는 정액, 호르몬의 맛을 보자 눈깔이 뒤집혀 조금 전의 미움도 사라지고 더 세게 더 힘있게 더 많이 하고 끌어 안고 오랫동안을 그대로 있고 싶었어요.
　이런 흥분 상태가 처음으로 나도 모르게 나오는 질의 오무림을, 질의 숨쉼을, 엉덩이 올리고 내림을, 좌우로 운동을 할 때마다 내 눈알은 황홀한 천국을 날고 있었어요. 이런 것을 사람들은 오르가즘이라고 한다지요.
　오빠, 잠시 뒤 힘이 모두 다 빠져 나가자 나른해 오기 시작했어요. 비록 미운 놈이지만 그래도 처음으로 당하고 해보고 안겨 보는 행복한 순간이기에 있는 정성 모두 쏟아 장교를 즐겁게 해주었어요. 솔직히 말해 나도 즐거움보다 행복한 체험을 했다고 말해야 옳겠지요.
　한데 오빠, 큰일이 났지 뭐예요.

장교가 자기의 몽둥이(조금은 사그라들었지만)를 화장지로 닦고 나서 담배를 한 대 태워 물더니 나더러 그 성낸 대가리를 한 번 빨아보라고 강요했어요. 나는 와락 호기심이 났어요. 그래서 입 벌리고 넣으니 입안 가득 찼어요. 그 놈이 목구멍 깊숙이 들어와 숨쉬기가 어려웠어요. 입술을 모아 빨아댔어요. 찝찝했어요. 무언가 입안에 가득찼어요. 장교가 다시 입안에서 사정(?)을 했던 것이었어요. 다시 두어 번 빨아주고서는 조용히 뽑았어요. 장교는 고맙다는 듯이 내 등을 다독거려 주었어요.

나는 끝나는 줄 알았어요. 나는 이제 나로 다시 돌아와서 두 손으로 젖통을 가리면서 옷을 입으려 하자 장교는 다시 나를 끌어당겨 가슴 속으로 안았어요. 끈적끈적한 땀내에 거친 숨소리가 자꾸 높아만 갔어요.

어느새 한 손은 아랫쪽으로 내려가서 손가락 두 개가 질척거리는 내 질 속을 헤매고 있고 또 한 손은 불룩하게 솟아 있는 유방을 손바닥으로 문지르고 있었어요. 다시 내 손을 끌어다가 제놈의 사타구니 사이에 있는 그 몽둥이를 꼭 쥐라고 했어요. 어느새 그것은 조금 전 보았던 것이 아니고 단단해져 가고만 있었어요. 그는 나를 자꾸만 쥐어짜 듯 하면서 깎은 지 며칠 된 수염으로 내 얼굴을 비벼댔으나 나 역시 싫지 않았고, 가슴팍에 난 가슴털 역시 내 젖을 문지를 땐 짜릿짜릿한 쾌감마저 느꼈어요.

오빠! 나를 화냥년이라고 욕해도 좋아요. 왜 그런 말 있지요. '늦게 배운 도적 날 새는 줄 모른다'는 이 말이 조금

전 처녀막이 깨질 때의 아픔도 잊고 환장하다시피 하니 나를 두고 한 말 같아요.

장교는 방안 천장까지 들썩이는 숨소리를 내더니 나를 다시 담요 위에 눕히고 말았어요. 나는 다시 그 일을 했지요. 장교도 좋고 나도 좋았어요. 못 먹고 죽을 듯 나른하던 몸이 그저 거짓말같이 거뜬해지면서 그 극점을 향해 치달리자 장교는 이젠 첫 번과는 달리 봉긋한 내 젖을 힘차게 빨아대지 뭐예요. 약하게 세게 좌우를 번갈아 가면서 빨더니 방향을 차츰 바꿔 가더니 가슴 위에서 세 시 방향으로 다시 다섯 시, 다시 여섯 시 방향으로 완전히 바꾸고 말더군요. 몽둥이는 그대로 내 질 속에 넣고서……. 기술인지 요령인지 능숙하기가 이를 데 없었어요.

장교의 입이 내 두 발 위에 오자 씻지 않은 내 발을 미친 듯이 핥아 주지 않아요. 온몸이 찌릿 찌릿 전기가 일어나더군요. 한동안 온몸 마사지를 끝내더니 방향을 바꾼 채 그대로 나에게 제2탄을 소리치면서 그 물을 쏟아내지 뭐예요. 다음 것도 받아든 나는 한동안 눈알을 뒤집어 대며 발광을 떨었지요.

이렇게 두 번의 정사가 얼마나 걸렸다고 생각하세요. 벽에 붙어 있는 위안소 규정을 무시한 채 3시간이 걸렸지 뭐예요. 장교니까 뒤에 서 있는 졸병들은 불평도 못하고 다른 방으로 옮겼는지 방문 앞이 조용했어요.

남의 사정이니까 자세히는 모르지만 이 장교가 랭군 시내 술집에서나 홀이나 사창가에서 했는지 모르나 그동안 밤마다 이 짓을 하지는 못했을 것이라고 생각되었어요.

이날 나를 만났으니 그동안 참아 온 배설이 첫 번째는 빨랐을 것이고 두 번째는 조금은 늦었으리라고 생각되어요.

오빠, 오르가즘 땐 사람인 나도 놈과 함께 흥분, 이성을 잃고 '감사합니다' 하고 쾌재를 불러 교접을 즐거워했지만 사후 이성으로 돌아왔을 때 울분이 솟구쳐 왔어요. 이렇게 내 순정을 짐승 같은 일본 장교에게 빼앗겼어요.

장교가 '고맙다, 즐거웠었다. 다시 찾아오겠다.' 세 마디를 남기면서 돈 5원을 책상 위에 놓고 일어섰어요. 그때의 내 심정은 정말로 천 갈래 만 갈래였지요.

짐승 같은 저 놈에게 내 순정을 짓밟히다니…….

차라리 좋아하는 내 조국 내 고향의 젊은이에게 줄 것을…….

지금 어느 하늘 아래 있을지 모르는 식당에서 같이 일하던 오빠 최씨에게 주었더라면…….

많은 사람을 상대할 것이 아니라 이렇게 틀어진 내 운명을 저 놈에게만 주면서 사는 날까지 살고 싶은데…… 욕심대로라면…….

위안부란 천황이 일본 군인에게 내려주는 하사품이라는데 이 장교 한 사람에게만 일부종사가 가능할 수 없지만…….

그러나 이런 꿈은 금방 산산이 깨져 버렸어요.

허리춤을 열어젖힌 채 방안에 들어선 일본군 사병이 문 앞에 서 있었어요.

이놈 역시 저고리만 걸친 나에게 달려들어 눕히면서 웃옷을 벗어 던졌어요. 아무런 말도 없었어요. 어느새 놈의 ××는 내 질 속을 점령하고 있었어요.

지쳐 빠진 내 몸은 그대고 맡겨지고 말았어요. 놈이 하는 대로 가만히 있어 주었어요. 너무도 다급했던지 이내 사정을 하고 났어요.

남자란 뷔너스 같은 여체 어디를 보더라도 음심이 일어나는 법이라지요.

볼록한 젖가슴이 적삼 사이로 살며시 보이고 백옥같이 하얀 외씨 같은 발에서, 불그스레이 상기된 볼에서, 둥그스럼한 엉덩이를 뒤흔들며 걸을 때 성욕을 느끼게 되고, 이런 곳에 손을 대고 만질 때 성욕이 조금씩 발동한다지만, 여자는 다르다지요. 보는 것만으로는 별로 못 느끼고 만져보고 부딪쳐 보아야 음심도 생긴다고 하지요?

나는 두 번째 사병에게는 내 생애 중 두 번째 아는 남자이고 장교에게 너무도 나른한 몸으로 두 번의 산을 그런대로 애써(?) 올랐기에 탈진하여 사병이 하는 대로 내맡길 수밖에 없었어요.

오빠, 남자란 그런 동물인가요.

이 사병 역시 쉽게 한 번 인사하더니 두 번째 공격을 개시하더군요. 그것은 금방 원상 회복되어 공격에 지장이 없는 듯했어요. 두 번 끝내더니 그래도 미련이 남은 듯 세 번째 공격을 시도, 점령하면서 뒷사람의 재촉을 받았어요.

놈이 나가자마자 닦을 사이도 없이 세 번째로 사병이 또

니
꾸
이
찌

217

들이닥쳤어요.

다시 맞는 천황 폐하가 내리는 하사품인 군수품(?)을 받으러 온 졸병이었어요.

나는 발가벗은 채 담요 위에 가만히 누워 있었어요.

놈은 옷이랄 것 없이 넝마 군복을 벗는 둥 마는 둥 방구석에 팽개치고 발가벗은 채 하얗게 죽은 듯 누워 있는 내 인육 위에 덤벼들었어요.

이글이글 타고 있는 눈매, 빳빳이 서 있는 ××. ×대××.

내 몸 위를 덮치더니 제멋대로 요리해댔어요. 한 번, 두 번, 세 번, 네 번…… 횟수조차 셀 힘이 없었어요.

처음 장교에게 쏟은 애정(?), 정성(?)을 계속하여 부대원들에게 골고루 다할 수 없었어요.

저 말라버린 개뼈다귀 같은 천황 폐하의 명령이라 하더라도 하사품을 받으러 온 황군에게 대접을 소홀히 할 수밖에 도리가 없었어요.

그 뒤를, 또 그 뒤를, 또 딴 놈이 그 뒤를 이어…… 몇 놈이 왔다 갔는지…… 입장권이 몇 장이나 팔렸는지 헤아리고 따지고 싶은 힘도 없었어요.

담요 위에 가만히 누워 허연 눈알만 굴리고 너희들 맘대로 해라. 다섯 번을 쑤셔박건 열 번을 쑤셔박건 내맡겼으니…….

내 몸을 찢고 뚫고 짓누르는 뭇 사내놈들.

오빠, 이렇게 지쳐 널브러져 내맡겨 놓자 내 배 위에 오르는 어떤 놈은 반응을 안 보인다고 재미없고 쾌감을 못

느낀다고 줄 뺨을 때리고 발길질까지도 아끼지(?) 않았어요.

이렇게 해서 랭군 위안소의 하루는 저물어 가고 있었어요.

지금은 잊고 싶은 1944년 4월 13일이었지요.

손꼽아 세어 보았어요.

장교로부터 시작해서 모두 일곱.

첫 순정이 깨지던 날 일곱 사람 곱하기 세 번(평균)이면 스물 한 번이 아닌가요.

처녀막이 깨지던 날 스물 한 번의 성교!

사람 아닌 짐승 세계에도 있을 수 없는 천인공노할 사실이 아니겠어요?

아, 이럴 수가 세상에 사람이 사람에게 이럴 수가 있을까요…?

이런 내 신세가 불쌍했으나 울고 싶어도 눈물이 나오지 않았어요.

하긴 울래야 울 시간도 없었어요.

랭군 이곳에 오자마자 점심이라고 안남미 밥 한 그릇을 안겼지만 닥쳐올 앞날에 대한 초조 불안으로 먹는 시늉만 하지 않았어요? 그리곤 작은 방으로 집어넣고 이어 손님(?)들의 방문, 이렇게 해서 내 일생 여러 가지로 뜻깊은 랭군의 첫날 밤은 지나가고 있었어요.

이리 뒤척, 저리 뒤척, 온갖 것들, 고향의 부모, 동생들 생각, 인순이·순심이를 생각하다가 앞으로 겪어야 할 일

들을 생각하다가 새벽 두 시가 지나서야 설핏 잠이 들었어
요.

아침에 일어나라는 호각 소리에 깨었지만 어젯밤보다 더
온몸이 쑤시고 아랫배 쪽이 아려오고 느른한 몸이 말을 듣
지 않았어요. 하지만 오늘 아침에 시간이 있다고 밥 먹고
나서 강당 같은 곳으로 모이라는 말이 마이크를 통해 울려
왔어요.

기운을 차려야 한다고, 죽지 않아야 일본놈의 원수도 갚
을 수 있다는 생각으로 천근 같은 몸을 이끌고 세면대에
나가 칫솔질 대신 물로 입안을 헹구어 내고 얼굴에 물 몇
방울 받아 문지르고 식당으로 갔어요.

간밤에 얼마나 울었는지 눈이 퉁퉁 부은 채 수저를 들고
밥을 먹는 여자들은 이십 명 남짓했어요.

어제 배에서 내릴 땐 백 명이 넘었는데…….

아마도 일본 군대가 있는 딴 곳으로 갔나 보다 하고 생각
이 되었어요.

그녀들도 어젯밤 내가, 아니 조선 삐들이 당한 아픔을 당
했을까(?) 덜했을까(?) 하면서 된장국에 밥 서너 숟갈을
말아 단무지 두 조각으로 아침을 때웠어요.

다음으로 모이라는 곳으로 갔어요.

별 하나가 자기 앞으로 가까이 모이라고 하더니 생활 요
령을 알려 주었어요.

우리들 뒤에는 일본 군대가 둘씩이나 감시를 하고 있었
어요.

별 하나 짜리, 위안소 소장이라고 생각했더니 일본군의 관동군 후방 담당 참모 하라였어요.

이 하라라 하면 조선인 위안부를 총독부에 요청한 우리들의 운명을 이 지경으로 바꿔 놓은 원수 원흉이었어요.

— 나는 너희들이 잘 아는 장군으로 관동군 후방 담당 참모 하라다. 너희들은 앞으로 우리와 여기 같이 살면서 군인들의 옷을 세탁하거나 막사 일도 돕고 밥도 지어야 한다. 경우에 따라서는 탄약도 날라야 하고 틈나는 대로 천황 폐하의 뜻을 받들어 군인들을 즐겁게 위문과 위안도 해줘야 한다. 어제는 내가 없었기에 이런 부탁을 못했다. 여자 애국 보국대로서 여자 정신대로서 위안부로서 자기 책임을 잘해 주기 부탁한다.

이렇게 말하고 나자 소위가 올라오더니 명령을 명심하라 하고 단을 내려갔어요.

— 방금 하라 참모님께서 이야기한 대로 너희들은 조선서 온 우리 황군들의 사기를 올리는 정신대, 즉 위안부임을 잊지 말아야 한다. 하루 일과 중 너희들이 할 일이란 기본적으로 아침에 일어나 군인들의 옷을 세탁하거나 꿰매고 막사 안팎을 청소하고 오후에는 탄약 운반 같은 일도 하지만 아침 10시부터 밤 10시까지 위안부로서 너희들을 찾아오는 군인들에게 정성껏 즐겁고 편하게 해주어야 한다. 몸도 마음도 메마른 군인들이니 너희들의 따뜻한 말 한 마디나 극진한 접대는 황군의 사기를 드높일 것이다. 설령 1개 중대가 찾아와 차례를 기다리더라도 너희들은 스

무 명이건 서른 명이건 받아들여 깍듯이 몸과 마음을 바쳐
야 한다.

이 말을 들으니 내 가슴이 철렁하고 가라앉았어요. 매일
서른 명을 상대해 주라고 하니…….

뭐 여자의 ××는 무쇠로 만들었나!

한 놈이 한 번에 그치지 않고 30분 동안에 서너번씩을
하려고 덤벼드는 판인데……. 90번에서 120번을 하라고
강요하는 것이 아닌가.

이것들이 사람인지 짐승인지…….

정말 앞으로 닥쳐올 일이 걱정이었어요. 나만이 아닌 우
리 모두의 걱정이었건만…….

오빠, 이런 죽음의 날들이 그래도 하루하루 쌓여 갔어요.
재수 있는 날은 한 놈도 방문 앞에 얼씬거리지 않는가 하
면 어떤 날은 줄지어 차례를 기다리고 있었어요.

오빠도 알다시피 이렇게 갈기갈기 뭇놈에게 찢겨진 내
몸은 진정한 맛을 낼 줄 모르는 여자, 진정한 성교의 쾌락
을 맛볼 수 없는 여자, 남자를 도원경으로 끌고 들어갈 기
교를 부릴 수 없는 고깃덩이 여자, 여성으로서 감출 줄 모
르는 인육시장의 한낱 고깃덩어리로 만들어 놓고 말았어
요. 아니, 그렇게 달라져 가고 있었어요.

이것을 불감증이라 한다지요?

이젠 여자로서 여자의 탈만 쓰고 있지 고장난 비계 덩어
리가 되고 말았어요.

오빠, 이젠 누구를 원망할까요. 아무 소용도 없는 헛일이

아닌가요? 이야기가 길어졌지만 나는 이렇게 생각해요.

비록 얼룩진 과거일지라도 나의 과거가 조금도 내 자신의 잘못 때문만은 아니지 않느냐고 반문하고 싶어요.

이래서 내가 살아 돌아간다면 오빠가 아니더라도 딴 사람에게라도 속속들이 놈들의 악랄한 죄상을 들쳐 내어 일본놈들의 야수 같은 만행을 만천하에 공개하고 싶어요.

오빠, 그럭 저럭 이곳에 온 지도 한 달이 가까워 오네요. 첫 번째 돈까지 주고 갔던 장교는 아끼바라라고 했어요. 만신창이가 된, 공동변소가 된 나를 그래도 잊지 못했는지 1주일에 한 번쯤 찾아와선 마음으로라도 나를 위안도 해주면서 곧잘 전황 소식도 알려주곤 했어요.

그의 이야기 가운데 놀랜 것은 우리가 아닌 일본 여자 위안부 이야기였어요. '위안부(comfort girl)란 전투 중인 때 일선의 군인을 위안하기 위해 동원된 군속 창녀'로서 단순 노동에 동원되었던 근로 정신대와 다르며, 이 미얀마 지역에만 1942년 8월 약 800여 명이 도착했으나 1943년에는 703명이 남아 있다고 했어요.

이보다 조선 여성들이 위안부나 정신대로 끌려오기 전까지는 일본 국내의 여자로 충당했으나 조선으로 옮겨 처녀 사냥이 시작되었는데 '조센삐 아다라시 이찌방(조선 처녀, 새것이다. 제일 좋다)'라는 말이 날개가 돋혀 일본 군대가 있는 곳에서는 조선 처녀를 보내라고 아우성댔고, 사람 사냥이 시작되었다고 했어요. 그 장교는 이런 말까지 해주었어요. 자주 만나다 보면, 조선 여자에게 정이 들다 보면 임무(전투)에 부실하다 해서 딴 곳과 바꿔 더 남쪽 트럭섬 쪽으로 이동할 것 같다고 말해 주기도 했어요.

그 장교가 그런 말을 하고 떠난 뒤 얼마 있다가 우리 열 명은 트럭섬으로 가게 되었어요. 그 때가 아마도 1944년 8월 어느 날이었던 것 같아요.

이곳에서도 우리의 살코기는 일본 군인에게 값싸게 매일 낮밤으로 팔리고 있었어요.

낮에는 사병에게, 밤에는 긴 밤을 장교들에게 시달려야 했어요. 모든 것은 한계가 있는 법, 드디어 나는 밑창이 났어요. 밑창, 우습게 들리겠지만 내 ××는 망그러져서 헐렁거리기 시작했어요.

나를 상대한 사람마다 '저것은 못 쓰게 되었어, 버려야 할 때가 되었어' 하는 소리를 듣게 되어 하늘이 도왔던지 누구의 도움인지 모르게 트럭섬에서 이곳 싱가포르까지 반송(?)되었어요.

지금 생각해도 누구의 도움인지 모르고 있어요.

더욱 못쓸 폐품이나 다름없이 '맛없다' 라는 극언까지 듣던 내가 트럭섬을 떠나온 뒤 닭장 같은 차에 실려 이리 저리 부대를 찾아가 내 귀한 것(?)을 진상하지 않아도 좋았고 하룻 동안에 쉰 명 넘게 성에 기갈난 군인들을 상대하지 않아도 살 것만 같게 느껴졌어요.

잠깐이지만 여기 지난날의 하루를 적어 봤지요.

오늘은 유달리 큰 것, 두꺼운 것, 다시 다시 하자고 보
채는 것들로 성황이었다.

하루를 마무리할 무렵이면 몸은 천 조각이 된 듯 늘어
져 옴짝달싹하기가 싫었다.

아랫쪽이 몹시 아려온다.

입에서는 게거품만 나온다. 헛바닥이 온통 일어서서
소동친다.

소변 하기가 무섭다.

죽고만 싶다.

언제 끝날지 모르는 전쟁이라면…….

이대로 살아 무엇 하리…….

그래도 졸린다.

정말 당해 본 사람이 아니면 나오기 어려운 절규, 피맺힌
외침이라고 자랑(?)하고 싶어요.

그래도 오빠, 죽으라는 팔자는 아니었던가 봐요.

트럭섬이 쑥밭 되던 날, 내가 떠나 온 일주일 뒤엔가 나
같은 위안부가 70~80명 가까이 있었으리라고 생각돼요.

천황의 군대라고 큰소리치며 천우신조만을 외치던 황군
도 미군이 상륙하자마자 자신들이 종군 위안부들에게 저
지른 죄악에 숨어 있던 조선 위안부들을 귀국시켜 주겠다
고 속여 트럭에 태운 뒤 기관총을 쏘아 죽였는가 하면, 미
처 트럭에 못 탄 위안부는 내팽개치고 그대로 도망갔다고
나중에 들었어요. 아마도 이토록 가엾은 내 목숨을 위해

여자정신대로 끌려가는 한국여성들

병을 주었고, 이 덕으로 지금껏 살아서 오빠를 이런 곳에서 만나게 되는 것 같아요.

　실로 길고 긴 파란만장한 한 사람 김영숙의 처절한 아픔이었다. 속임 없고 꾸밈 없는 산 기록이었다.
　김영숙의 이야기는 여기까지 들을 수 있었으나 그녀가 듣고 싶어하던 내 쪽 이야기는 못하고 말았다.
　그녀가 내 편지 소동을 아는지 모르는지, 모르기에 해주고 싶었으나 때를 놓치고 다시 싱가포르로 영숙이 떠나갔다. 그 뒤 서너 번 소식을 인편을 통해 전해 오다가 일본측의 남방 진출이 퇴각으로 바뀌면서 조선의 징용자나 위안부 사이에 안부를 주고 받는 일을 도와줄 마음의 여유가 없어 편지도 보내고 받을 수 없이 안타까운 채 어수선하게나마 연말이 다가오고 있었다.

재회

이래 저래 별 말 안 듣고 지내는 쓰도무의 나날은 그런 대로 즐거웠다.

하나꼬와는 그 뒤로도 자주 만나 우리의 인연은 계속되었다.

결국 눈치챈 누군가의 보고로 나는 부대장에게 불려갔다.

나는 또 죽었구나. 옛부터 사내 녀석은 세 뿌리(발·입·×)를 조심하라고 했는데 가장 큰 것을 함부로 놀려댔으니 형무소행이구나 하고 마음먹으면서도 이래 죽으나 저래 죽으나 죽으면 그만이다. 될 대로 되라 하고 마음을 고쳐 먹고 무장을 단단히 해두었다.

그러나 나를 본 그는 짧게 몇 마디 훈계하고는 별 말이 없었다.

"월남 꽁가이들이 의무실에 자주 놀러 다닌다는 말을 들었다. 그녀들은 우리가 부리는 심부름꾼이다. 나와 우리 간부들의 뒤치다꺼리하는 꽁가이들이니 처신을 잘해 주기 바란다. 그리고 부대의 기밀이 밖으로 새어 나가지 않도록 주의하고……."

정말 뜻밖이었다.

이렇게 일본 군대가 조선 징용자에게 관대하다니 모를 일이었다. 오히려 불길한 생각이 들기도 했다.

혹 하나꼬와 나와의 정사를 모르고 있을 거라는 생각이 들기도 했다.

아니면 알고도 모른 척하고 있는지도 모를 일이다.

세상에 비밀이란 있을 수 없다고 했는데…….

알건 모르건 부대장이 이 이상 더 말이 없으니 편안했다.

한 번 맛본 '하나꼬'의 살 내음은 밤마다 그리움으로만 쌓여만 갔으나…….

부대장에게 내가 불려갔다 왔다는 말을 이 두 꽁가이는 들어서 아는지 모르는지 하나꼬와 아이꼬가 다시 의무실로 찾아왔다.

유독 다시 보는 '하나꼬'는 그렇게 아름다울 수가 없었다.

순간 터져 나오는 욕정이 그 날의 하나꼬의 욕정과 몸부림 속에서 다시 불이 붙으면서 와락 껴안고 싶은 마음이 나를 주체키 어렵게 했다.

아이꼬는 아직껏 우리 사이를 눈치채지 못한 것같이 순진스런 눈매다.

나는 의젓함을 겉으로 나타내며 말했다.

"먼젓번에도 이야기했듯이 나는 일본인이 아닌 조선인이다. 일본이 전쟁을 일으켜 징용자로 끌려왔다. 너희들 아가씨처럼 나는 며칠 전 부대장에게 불려가 주의를 들었다. 아가씨들과 놀고 있다고 말이다. 놀러오지 말 것을 부탁하고 싶다. 일본놈들이 질투하고 지랄한단 말이다."

이런 내용의 말을 종이에 쓰기도 하면서 발짓 손짓으로 내 뜻을 알려 주었다.

물론 일본말로 썼으나 읽었는지 안 읽었는지 모르나 아무것도 모르는 아이꼬는 쉽게 일어났으나 하나꼬의 눈빛은 애련함을 띤 채 쉽게 일어나려 하지 않았다. 눈물 방울이 눈가에 어리는 것을 본 것은 내가 잘못 본 것일까?

그녀들이 돌아간 뒤 의무실 안에는 고요 적막만이 감돌고 있었다. 나 홀로 안절부절 못하고 있을 때, 뜻밖의 손님이 찾아왔다.

일본 본토 이사하야에 있을 때 같은 팀은 아니었으나 옆 내무반에 있었고, 고향도 나와 같이 순창이라는 전라도 친구 김길용이 찾아온 것이었다.

그와는 콩깻묵밥과 넝마 같은 작업복을 걸치고 3년간이나 함께 살아온 전우였다.

우리 두 사람 모두 한동안 말문이 막힌 채 입을 열지 못하고 반가운 마음이 앞서 서로 얼싸안고 울었다.

우리는 어린애처럼 반가움에 울음을 그칠 줄 몰랐다.

얼마나 지났을까. 내가 먼저 울음 섞인 소리로 입을 열었다.

"아니 이 사람아! 내가 여기 있는 줄 어떻게 알고 찾아왔나?"

"으응, 그래, 얼마 전에 일본인 용원(인부) 한 사람이 자네한테 치료를 받고 왔는데 그 사람이 내게 하는 말이 최근에 의무장이 새로 왔는데 그게 한국 사람이더라고 하잖겠나. 그래서 한국 사람 누구냐고 물었더니 '요시야마 메이쇼구'라고 하던가, 그러는 거야. 그래서 얼핏 생각난 것이 치료 의술하니까 자네밖에 다른 사람이 없고 해서 와 본 것이지. 정말 반갑네. 나는 이 부대에서 비행장을 닦고 있지……."

"으응, 정말 반갑네. 죽지 않으니까 다시 만나게 되는구먼. 그 때 자네와 헤어진 뒤 나는 싱가포르에 있는 의무대로 배치되었지. 그러다가 1주일 전에 이곳 의무장으로 벼락감투를 쓰고 오게 되었다네."

"아아 그러니까 그 때가 1944년 3월인가 4월경이었었지, 나는 그 때 바로 이곳으로 오게 되었고."

"아, 그랬던가?"

"정말 우리가 다시 만나서 꿈만 같네 그려."

"실로 1년 만에 다시 만나는 셈이지."

"그런데 여기에 징용자가 350명이나 있다는데 한국 사람은 몇이나 돼? 또 우리 고향 사람은 몇 명이나 있는

지…?"

"나 혼자야. 싱가포르에 상륙하자마자 일본 사람과 함께 반이 편성되었지. 그 뒤로 날마다 자바섬으로, 수마트라로, 랭군으로, 바도바하로, 어디로 어디로 해서 뿔뿔이 한두 사람씩 헤어져 나갔으니 누가 어디로 갔는지 알 길이 없네. 정말 자네를 여기서 만나게 되리라곤 꿈에서도 생각 못했네. 고생 많이 했겠구먼."

우리는 서로 지나온 날들의 이야기를 하면서 회포를 풀면서 내 숙소에서 밤을 새우고 싶었으나 그는 의무실 간다고 하고 왔으니 점호 시간 안으로 돌아가야 한다고 일어섰다.

나는 아쉬웠다. 그를 못 가게 붙잡을 힘이 나에게는 없음이 한스러웠다.

"잘 가게, 그리고 틈나는 대로 놀러와 주게. 술 한잔 대접 못함이 섭섭하지만 별 수 없는 우리들 신세이니……."

나는 그를 돌려 보내고 그가 말한 대로 진료일지를 들쳐 보았다.

그러니까 그저께던가 일본인 요원 '이시가와' 란 자가 삽질을 잘못하여 발등이 찍혀 의무실에 찾아 온 일이 있었다.

소독을 말끔히 하고 약을 바르고 붕대를 감아주고 주사를 놓아주는 등 친절하게 치료해 주었다.

치료하는 동안 그와 나는 이런 저런 이야기를 하다가 내 고향 이야기를 했고, 그는 내 가슴 위 명찰에서 '요시야마 메이쇼구'를 보았음이 틀림없었다.

그는 이시가와에게서 듣고 찾아왔던 것이다.

다음날이다.

김길용은 어디서 어떻게 구해 왔는지 모르나 월남 술을 안주 몇 점과 싸가지고 와서 낮에 작업하면서 들었던 전황 소식을 들려 주었다.

사실 나는 빛 좋은 개살구마냥 몸은 편했으나 세상 소식 은 깜깜하였다. 전쟁이 어떻게 되어 가는지, 내가 아는 징 용자 누가 죽었는지 알 길이 없어 귀머거리나 다름없었다.

부대 내에서 만나는 사람이라곤 치료일지 결재 받으러 부대장에게, 식당에 가는 일에, 치료받으러 오는 사람이 모두였으니 터놓고 전쟁에 이기고 있는지, 지고 있는지 이 야기를 함부로 할 수도 없었다.

그는 컵에 술을 따르면서 전쟁 소식을 털어 놓는다.

"이번 태평양전쟁은 일본이 천우신조로 연전연승하며 이긴다고 허풍떨었지만 이 전선 저 전선에서 전세가 안 좋 다네. 형도 알다시피 '버마'를 진격하고 있던 일본군은 이 미 임팔작전의 실패로 기가 꺾여 에투섬에서 전멸했고, 가 장 기대를 모았던 사이판섬에서도 7천 명인가가 무더기로 개죽음을 당하자 전쟁을 일으킨 도죠 내각을 쫓아내자는 소리가 일본 국내에서도 높아가고 하늘에는 미국의 B29 기의 본토 공습이 본격화 되어 정신 못 차리고 후회하는 판이래."

"그래!?……"

"날마다 일본 군대는 철수하기가 바쁘대. 이래서 이번 전쟁은 아이와 어른의 싸움 같기에 일본이 곧 항복할 것이라고 수군대는 소리가 있더군……."

내가 '일본은 곧 망한다'고 편지 소동을 일으켰던 것처럼, 예측하고 있던 대로였다.

"형, 생각해 보게. 비행장 하나를 웬만큼이라도 건설하는데 일본군은 1년이 걸리는데, 미국 군인들은 단 5일 만에 해치운다니 말이 되는가! 우리는 사람이 톱으로 그 큰 나무들을 베어 실어내고 삽으로 괭이로 뿌리를 캐내고 도자로 미는데, 미국 군인은 어떻게 하는지 아시오? 먼저 기계로 웬만큼 나무를 키 맞추어 베고 그 위에 구멍 뻥뻥 뚫린 널따란 철판을 깔아 활주로를 만들면 끝이라는 거야. 바로 그 활주로에서 비행기가 뜨고 앉고 하는 판이니 전쟁을 해볼 재간이 있겠소. 망해야 싸지. 애꿎은 우리를 끌어다가 소말 부리듯 지랄을 해댔으니…… 곧 망하고 말 거야."

그는 술기운 탓인지 고생한 탓인지 입에 게거품을 품어가며 열을 올렸다.

모두 옳은 말이었다.

한동안 그는 성토하다가 돌아갔다.

그 다음날도 그는 삶은 계란에 술을 가지고 찾아왔다.

아마도 그 무렵은 1945년 4월 무렵으로 일본 군부에서 격전지이며 결판장으로 다짐하던 이오섬에서 전멸당하는 판이기에 군기가 조금은 느슨해져서 일하러도 잘 안 나간다는 그의 말이었다.

일본이야 망하건 말건 일 안 하는 요즘이기에 살 맛난다고 그는 좋아했다.

나 역시 그가 와서 같이 보내니 세상 살 맛도 났다. 이런 나날이 쏜살같이 두어 달이 지나갔다.

'내가 얼마나 뛰어난 도사인데……. 편지에 그런 말 썼다고, 국제 간첩이라고, 그렇게 소란 피우더니 일본 너희들은 곧 망하지 않고는 배겨내지 못할 거야…….'

나 홀로 회심의 미소를 띠어 보기도 했다.

공습

정확하게 기억되지는 않으나 1945년 6월 21일이라고 생각된다.

밤낮 없이 김길용과 만나 하던 온갖 이야기도 바닥이 날 무렵인 이날 오전 10시경이었다.

느닷없이 숙사 안팎으로 공습경보 사이렌이 울려 퍼졌다.

우리와 떨어진 사이공에서는 미국 비행기가 날라와 폭격을 시작하자 우리 쪽에서 고사포와 기관포를 쏘아 공격하여 사이공 하늘은 불바다가 되고 있었다.

미국과 일본 쪽에서 쏘아대는 포 소리에 천지는 놀랬고 온 시가지가 가마솥처럼 불길 속에 달아오르고 있었다.

우리가 있는 이곳 역시 안전치 않을 것이기에 대피하라

는 전황 방송이 끝나자마자 우리 징용자들의 피땀으로 이룩된 쓰도무 비행장 이곳 저곳에 폭탄이 떨어져 커다란 구멍이 뻥뻥 뚫리고 있었다.

하늘은 포연으로 까맣게 덮여 있었고 멀리 가까이서 울려 오는 비행기 프로펠러 소리는 조그만 내 간담을 서늘케 했다.

한 시간 가량을 사이공 시가지와 그 주변 일대를 뒤흔들어 놓았던 비행기들은 돌아갔다.

뒤에 조사한 바에 의하면 쓰도무 비행장의 피해만도 어마어마했다.

발표에 의하면, 잠자리 같은 단엽 비행기 30대 파손, 격납고 2동 소실. 활주로 2군데 절단(200미터 정도), 인명은 살상이 없었으나 일본군에게는 치명상이나 다름없었다.

우리 징용자들 300여 명이 1년 내내에 걸쳐 닦아 놓은 활주로를 단 몇 초 사이에 회복 불능케 만들고 말았으니, 30분이 지났을까, 제2차 공습공보가 울려 왔다.

1차 때 남긴 아쉬움이 있는 비행기 여섯 대가 비행장에 날아와 폭격 시합을 하는 것 같았다.

지상의 포격도 받지 않는 제공권을 거머쥔 미국 비행기들은 제멋대로 온갖 곡예를 하고 있었다.

다시 활주로가 잘려 나가고 정비창의 지붕이 날아갔다. 저유고가 맞은 것이다. 기름통이 터져 불이 붙으면서 무서운 화염의 혓바닥이 날름거리고 있었다.

뜨거워 방공호 속에서 나올 수가 없었다.

숨죽이고 할딱이는 가슴만 부여안고 있기를 반시간 남짓—.

프로펠러 소리, 폭격 소리, 고사포 소리가 그치자 집합하라는 나팔 소리가 울려 왔다.

나는 방공호 속에서 나와 집합 장소로 뛰어가 대열 속에 끼었다.

인력 동원계 구찌하라가 인원을 점검했다.

그는 나를 보더니 소리를 질렀다.

"너 어디 있었느냐?"

"방공호 속에 있었습니다."

"뭐라고?"

"의무장이 어찌 방공호 속에 있었느냐? 부상병이 생겼더라면 누가 간호해 주나, 센징노 구세니(조선놈인 주제에…) 앞으로 나왓!"

내가 그 앞으로 나가자 그는 옆에 찬 군도를 뽑으려고 하다가 우선 옆구리를 힘껏 찼다.

나는 고꾸라졌다. 전쟁에 지고만 있으니 일본놈 그들의 눈알이 올바를 수 있겠나!

무슨 영문인지 몰랐다. 방공호 속에 있었다는 것이 죄가 된다면 직무유기죄가 될지 모르지만…….

'아무리 의무장, 위생병이라 하더라도 방공호에 들어가면 죄가 되는가?'

구찌하라의 이런 행동을 옆에 서 있던 무라가미 부대장은 구찌하라에게 타이르듯이 말했다.

"요세요(그만 두게)."

다행히 부대장의 만류로 내 목이 달아나지는 않았지만 이곳에 왔을 때부터 어제까지의 구찌하라는 아니었다. 전쟁에 지니 악이 복받칠 수밖에…….

영 딴 사람이 되고 있었다.

그래도 나는 그 때 그의 일본 군도에 목이 달아나지 않아서 다행이나 나는 왜 그가 그렇게 딴 사람이 되었나 다시 생각해 보았다.

만약 그 때 그의 칼에 내 목이 달아났다 하더라도 그 누구에게 호소할 데가 없는 하찮은 무지렁이 같은 존재가 아닌가.

'죽었더라면…….' 하고 생각하다가 그가 변한 까닭을 추리해 보았다.

첫째, 전쟁에 연전연패하여 일본 전국민의 사기가 시기, 질투, 괜한 트집으로 들떠 있다.

태평양전쟁 때에는 초전에 박살내겠다고, 진주만을 불의에 습격, 대전과를 올리자 금방이라도 전세계가 일본 앞에 무릎을 꿇을 줄 알았는데 날이 가고 달이 가고 햇수가 쌓여 가면서 옥쇄 · 전멸 · 궤멸 등의 구호가 패주 또 패주를 거듭하다간 드디어 독안으로 몰려 온 쥐꼴이 되면서 하늘까지 내주어 적의 비행기가 활동하면서 제 마음대로 폭탄을 부어대니 그 일본 사람들의, 일본 군인들의 심사가 좋을 리 없을 것이다.

무라가미 부대장은 역시 심사가 뒤틀리고 '요시야마' 의무장인 내가 방공호 속에 있었다고 기합을 줄 명분은 얼마든지 있었고…….

둘째로, 월남 꽁가이들과 놀아나는 의무장인 내가 눈꼴시게 보였을 수도 있다.

또한 여심(女心)이란 여자 마음이니 그 꽁가이들 마음대로다. 억만금을 주고, 아무리 주종관계라 하더라도 스스로 마음이 주어지지 않으면 남녀간의 사랑 관계는 무르익지 않는 법.

거기에 그들보다는 내가 젊고 얼굴도 순하게 생겨 그녀들의 마음을 받아주기에 만점이었다는 점.

또한 정규 코스를 밟지 않았더라도 그래도 사람을 고치고 살리는 인술을 익혀 위생병으로 의무장이기에 환자가 없을 땐 번번이 놀고 먹는 꼴이 배가 아파서 그랬던 감정이 발동된 듯했다.

또한 끌려온 그녀들은 피압박자 민족이었기에 일본놈, 야마토 민족을 좋아할 턱이 없는 것도 큰 이유였다. 점령자 대 피점령자의 감정―.

이 추리가 맞는 것처럼 나는 생각해 왔으나 뒤에 알고 보니 더 무서운 음모가 있었음을 알았다.

이 당시 남방군에 소속되어 있는 조선 사람(징용자이지만)을 다 죽이는 것이 군량미라도 절약하는 길이라고 일부 군부 강경파들이 명령을 내리려 했으나 또 다른 온건파에서 이를 말렸다는 소리가 들렸다. 이 소리를 저희들끼리 주고받는 것을 내가 엿들은 것이었다.

우리 징용자들은 숙소를 정글 속으로 옮겼다.

웬일인지 본부에서는 공습으로 폭격받은 활주로, 숙사 · 정비창, 격납고, 저유 탱크 등을 고치려 들지 않았다.

하긴 처음 공습이 있던 1945년 6월 21일 이후 줄곧 복구 작업을 하긴 했으나 1미터도 복구하지 못했을 때 10미터가 잘려 나가고 말았으니……. 손쓸 겨를이 없었다.

이런 상황 속에서도 김길용 그는 날이 밝으면 정글 속에서 나와 풀잎으로 덮어 위장한 내 의무실을 찾아와 온갖 이야기꽃을 피웠다.

"글쎄, 일본의 하야부사란 잠자리 비행기는 이젠 어디로 갔담. 공습 땐 마주 싸우지도 못하고 있으니 말야. 일본군도 이제 볼장 다 본 것 아니냐?"

그는 일본의 공군기가 무력해졌음을 노골적으로 꼬집었다.

그리고 어디서 구해 왔는지 틈만 있으면 술병을 가지고 내게로 와서 전쟁 이야기를 하면서 편안한 나날을 보내고 있었다.

얼마 뒤에 부대장은 랭군으로 전출되어 갔고, 김길용마저도 부대따라 떠나고, 나는 이야기 벗도 없는 혈혈단신이 되었다.

그 때 우리를 밀림 속으로 몰아넣은 비행기들은, 항공 모함이라는 큰 배 위에서 뜨고 날고 하는 전투기인데 '구라만 전투기'라고 했고, 2명이 탈 수 있다고 했다.

폭탄도 7 · 8개씩 싣는다고 하며 당시의 전투기들 중에서 가장 속력이 빨라서 공중전에서는 잘 싸울 수 있다는 일본의 하야부사란 잠자리 비행기로는 도저히 대항할 수 없었다.

이 무렵은 1945년 7월경이었다.

남쪽 태평양 위에서 박살이 나고 있었으나 그래도 용케 만주를 정복한 관동군은 최후 결전을 위하여 힘을 남방 쪽으로 뻗치기 위해 집결하고 있었다.

공격 목표는 프랑스령 인도지나, 지금의 월남이었다.

이 무렵 일본군과 사이가 좋지 않던 프랑스는 일본 본토가 미연합군에게 점령당한다면 남방에 있는 일본군 총병력을 일본 본토에 투입한다는 극비 정보를 입수하였기에 일본 군부는 초긴장 상태에 들어가고 있었다.

파국

그러니까 1945년 4월 일본.

일본의 이오섬 전멸 이후 계속 쫓겨 미군의 오끼나와 상륙으로 패주의 후유증이 자꾸만 커져 가고 있을 무렵이다.

일본군 쪽에 패색이 짙어만 가자 프랑스군도 일본에 대한 복수의 칼날을 갈기 시작했다.

당시 일본군은 월남의 사이공에 주둔하여 프랑스령 인도지나에 비행장을 건설하지 않고는 싱가포르를 공격할 수가 없었다. 그리하여 일본군은 강제적으로라도 사이공에 상륙해야만 했다.

신사적인 타협으로는, 일본의 막강한 군사력을 믿는 바탕 위에서이지만 프랑스측에서 들어줄 리 없었다.

결국 '야마시다' 대장이 무장 전함 60여 척을 끌고가 사이공 근해에 정박, 포진하고 있으면서 위협을 가하였다.

이 때 프랑스군은 상비군이 부족하여 공격해 오는 일본군을 막아낼 수가 없었다.

무력 진주냐, 평화적인 협상 진주냐 하는 딜레머에 빠진 프랑스군은 협상 진주 쪽을 택했던 것이다.

하지만 프랑스군으로서는 언젠가는 일본과 일전을 불사하겠다는 심사로 일보후퇴를 한다는 소문이 나돌고 있었다.

이런 소문을 듣고도 시치미 뚝 떼고 일본측 밀사가 프랑스 총독을 찾아가 다그쳤다.

"평화적으로 내주겠느냐? 아니면 한 번 해보려는 심사냐?"

"나 혼자서 결정할 문제가 아니다. 정부의 훈령을 받아야 하므로 세 시간만 여유를 달라."

그러나 악랄하기 짝이 없는 일본은 이미 육군 부대를 동원, 전투 태세를 갖춰 놓고 명령만 내리기를 기다리고 있었다.

1945년 7월 21일이다.

이날 밤 10시 15분.

마침내 프랑스 정부에서 훈령이 내렸는데 협상이 아닌 전투하라는 명령이었다.

끝내 일본군과 프랑스군 사이에 전투가 개시되었다. 양국 방송은 이 사실을 낱낱이 전국민에게 알렸다.

우리 징용자들 역시 동원 태세에 들어갔다.

비록 비무장이라 하더라도 비행장에 있는 해군 부대로 합류할 작정이었다.

　　사이공과 쓰도무 전역에도 전시 비상령이 내려져 주위가 삼엄하기 이를 데 없었다.

　　정작 전쟁이 벌어진 지 1시간쯤 지났을까.

　　일본군이 마침내 사이공을 점령했다는 소식이 날아들었고 이어 승전소식이 잇달아 날라 들어왔다.

　　그 후 3일이 지나서는 프랑스령 인도지나가 통채로 일본군의 손아귀에 들어왔고 포로가 된 프랑스군은 무장 해제를 당하고 포로수용소에 수용되었다.

　　재산도 무기도 군수품도 몰수해 버렸다. 이렇게 일본군에게 짓밟힌 인도지나는 19세기 초에는 옛 프랑스 식민지(인도차이나연방)로 월맹, 월남, 라오스, 캄보디아의 4개 독립국이었으나 이제 일본군의 발굽 아래 죽어 지내야 할 운명이었다.

　　지난 해에 사이판 섬을 뺏기고 전쟁 내각이 물러나고 B29기가 천황 침실 위를 날고 하는 판국에 월남 천지를 점령했다는 연이은 승전 소식은 그 때뿐. 본토가 미국의 구라만 B29기의 폭격으로 도쿄와 인근 도시가 쑥밭으로 변해 간다는 소식은 일본놈 아닌 나에게도 그저 착잡하기만 했다. 좋아서 그럴까? 기뻐서 그럴까?

　　더욱 무서운 소식은 국제연합을 미 · 영 · 프 · 소의 4대 강국이 모여 만들었고 이 4대 강국의 연합군들이 전략을 바꾸어 남방보다는 일본 본토를 중심으로 항공기로 집중

공격을 가해 야마토 민족의 씨를 말린다는 계획이라는 것이다.

그래도 일본 군부의 강경파들은 캄보디아 구라지에 활주로를 건설한다고 징용자들을 데려간다는 소식이 가끔 들려왔고…….

그러나 활주로를 완성시키기는커녕 착공 닷새 만에 박살이 나고 우리들은 쓰도무로 원대복귀하고 말았다.

일본군의 반짝하던 승기가 이 때부터 남방에서 다시 쫓기는 신세로 변했다.

그러니까 1945년 8월 6일, 9일 두 차례.

일본 본토 '히로시마'와 '나가사끼'에 한 번도 들어 보지 못했던 버섯구름을 피운다는 원자폭탄이 떨어졌다.

연대장 무라가미에게는 '남방섬에서 패퇴, 전원 옥쇄, B29 폭격기 원자폭탄 투하로 쑥대밭 되다' 하는 비보만 날아들어 그는 속으로 패전이라는 두 글자에서 눈을 떼지 않고 있었다.

우리에게 누구도 일을 시키지도 않고, 시킬 사람도 없는 듯했다. 우리들은 우리 머리 위에 날아오는 비행기에서 떨어지는 폭탄을 피해 하루하루를 기적같이 살아가야만 했다.

문득 파국이란 말이 생각났다.

어떠한 판국이 결단남을 말한다. 다시 말해 그 일의 결딴나는 끝판(Catastrophe)을 말한다.

'어떤 사건이 벌어진 판이 결판 났으니 더 무엇을 바랄 것인가! 천우신조, 가미가제 특공대, 다이아다리, 교쿠사이, 하야부사, 대동아 공영권, 신사참배, 도호요하이, 아마데라스오가미 이런 것들이 일본을 살렸을까?

나는 나무 그늘 밑에 앉아서는 오늘을 거슬러 자꾸만 지난날을 되풀이해 보는 버릇이 생겼다. 무료함을 달래기 위함이라고나 할까?

파국―.

그렇다. 전쟁에 연전연패하는 파국―.

나는 그래도 시원찮던 밤거리 냄새를 조금은 입에 묻힌 채 어두운 의무실 의자 위에서 시름없이 찾아드는 잠을 이기지 못하고 잠자리에 들면서 기약 없는 내 운명을 점쳐 보았다.

이러기를 꼭 일주일 되던 날.

1945년 8월 15일 12시―.

일본의 히로히토 천황의 '연합군에 대한 무조건 항복'이라는 방송이 들려 왔다.

순간 내 귀를 의심했다.

정말 이제야말로 자유를 되찾은 것이다.

해산

집합하라는 소리가 울려 왔다.

우리는 모두 모였다.

무라가미 부대장은 피를 토하는 목소리로 침울하게 훈시했다.

"우리 신국 일본은 조금 전에 연합군에게 무조건 항복했다. 애석한 일이다. 일본 본토에 B29라는 폭격기가 원자폭탄이라는 무서운 힘을 가진 폭탄을 자꾸만 떨어뜨려 애매한 생명들을 죽인다고 위협하여 천황 폐하께서는 우리 신민들에게 희생을 안 시키려고 항복했다. 이제 곧 연합군이 여기에 올 것이고 너희들은 안심하라. 아무런 위해도 끼치지 않을 것이다. 각자 제 집을 찾아서 갈 데로 가라. 그 동안 성전을 위하여 노고가 많았다."

무슨 수단을 써서 돌아가든지 하라는 무책임한 해산 명령이다. 그리고 경비로 우리들에게 100피아스터씩 나누어 주었다.

그는 사병을 시켜 나누어주면서 이 돈으로 고향으로 가던지 말던지 알아서 하라는 것이었다.

나는 돈을 나눠주는 그의 눈가에서 진한 눈물 방울을 보았다.

돈을 받은 부대 안은 한동안 술렁이기 시작했다.

"안녕히."

먼저 나서는 이들에게 무사 귀국만을 서로 서로 빌어 주었다.

너나없이 우선 어디론가 떠나야 할 몸들, 우리 모두의 얼굴 위에서 근심을 읽을 수 있었다.

당장 점심을 먹어야 하고……. 그리곤 잠을 어디서 자고, 이 돈 없어지면……. 어떻게 살고……. 그리곤 어떻게 해서 고향에 돌아가고…….

빼앗긴 자유의 몸. 유보된 자유!

저당잡혔던 몸.

그 때가 나은 듯한 착각도 일었다.

그런대로 나는 의무실인 내 방이 있어 당분간 잠자리는 걱정 안 해도 좋았다.

나와 똑같은 생각으로 나갔다간 되돌아와 내무반에 머물며 궁리를 다시 하는 사람도 많았다.

누군가 내 귀에 대고 속삭였다.

"무라가미 부대장이 저 숲 속에서 자결했다."

총소리가 나서 달려가 보니 이미 머리통에 총을 쏘고 죽어 있더란다.

이 전쟁에 진 망국의 한을 이 땅 위에 뿌리고 자결했다.

그의 옆에는 일본도가 고요히 누워 있을 뿐…….

하마터면 나는 저 일본도에 내 목이 달아날 뻔한 것을 그가 살려주지 않았던가 하는 지난 일을 생각하니 이 일본도가 예사로이 보이지 않았다.

나는 마음 속으로 그의 명복을 빌어주었다.

그는 일본 사람이지만 전화에 찌들은 군인은 아니었고 도쿄에선 개업의로서, 대학 교수로서 계급에 그다지 집착하지 않는 사람이었다. 아까운 학자였다.

나는 그의 사체가 본부 부대 쪽으로 실려가는 것을 보고 시설부가 있는 막사 쪽으로 발길을 옮겨 보았다.

"어이, 요시야마, 너는 나와 함께 일본으로 가서 의학전문학교에 가자꾸나!"

평소에도 친절하게 나를 대해 주던 우가이 고죠의 목소리였다.

그러나 그 말이 반갑지 않았다.

'너는 친절한 일본인이다. 하지만 지난 36년 동안이나 우리 배달 민족을 통치해 온 족속들이 아니냐! 이제 네 도움 없이 내 힘으로 살아가련다.'

민족 감정 때문이었다.

나는 여기보다는 사이공이 낫다는 상황 판단으로 사이공

으로 가기로 했다.

잊혀지지도 않는 1945년 9월 27일. 나는 사이공에 가서 이 골목 저 골목을 기웃거리며 '행여나'를 찾다가 '송곡양행'이라는 교포가 하는 점포를 보았다.

인사하고 나니 주인이 조대철인 것도 알았다.

이곳 사이공에도 이 섬 저 섬에서 몰려온 한국 징용자들이 많았는데 주인 조 사장은 나의 딱한 이야기를 듣더니 같이 있으면서 다음의 좋은 방법을 찾아보자고 말해 주었다.

나는 뛸 듯이 기뻤다. 나는 억세게 재수가 좋았다.

물에 빠져 허우적대다가 뭍에서 던져 준 구명줄을 잡은 것처럼…….

그 날로 부대에 돌아와 간부 여러 사람에게 인사를 하고 세면도구 하나만 들고 점포로 돌아오려 했는데 우가이 고죠가 약품 두 상자와 간단한 의료기구와 내가 의무실에서 정들었던 것도 챙기라 해서 챙겨 가지고 나오니 차를 타라는 것이었다.

그들은 차로 송곡양행까지 실어다 주었다.

'대체 이 친구들이 왜 이런 선심을 쓰지. 전쟁에 지고 나니까 올바르게 모든 것이 보이나?'

별의별 생각이었으나 선의를 선의로 받아들이기로 생각하니 앞으로 가는 내 앞에는 찬란한 빛만 보이는 것 같았다.

이 때 사이공의 시가지 형편은 엉망이었다.

매일 가두 행렬과 데모 군중으로 들끓었고 밤이면 월남 사람과 프랑스 사람 사이에 싸움이 전투 이상으로 치열해 살벌하기조차 했다.

　　그도 그럴 것이 1859년부터 87년간을 프랑스 식민지 노릇을 하다 일본군의 덕으로 해방을 맞이하게 되었으니 그럴 만도 했다. 친프랑스의 숙청이 그칠 사이가 없었다.

　　그러다가 일본군이 항복하는 바람에 친프랑스도 친일본도 아닌 상태에 있는 월남이었기에 약탈·살인·폭력이 난무했다.

　　특히 프랑스군의 약탈은 놀라웠다.

　　우리 교포들은 싱가포르·버마·프놈펜 등지에 모여서 남자, 여자 300여 명 가량이 자구단체인 한인회를 만들어 상부상조, 단결을 다짐하기도 했다.

　　돈도 있고 프랑스어·독일어·영어에도 능통한 김상률을 회장으로 선출하여 프랑스 이민국에서 패스포트도 얻어냈다.

　　이로 인하여 우리 한인들은 한국 사람이라는 신분을 내세워 떳떳한 삶을 영위해 나갔다.

　　나는 조대철 사장을 도와서 점원으로 착실히 일했다.

　　수만리 타국에서 취직을 한 셈이다.

　　즐겁게 하루 하루를 보내면서 일을 하고 점포에 드나드는 한국 사람도 하나 둘씩 친하게 되었다.

　　여기에서 지금 중동에서 라미네이팅 공장을 하고 있는 박동규 사장도 알게 되었다.

어느 날이었다.

어떻게 내가 의무장이었음을 알았는지 교포 한 사람(한상욱이라 했다)이 나에게 찾아와서 급히 갈 데가 있으니 같이 가자는 것이었다. 나는 조 사장의 허락을 받고 나가려 하자 한상욱 씨는 약과 치료 기구를 갖고 가자는 것이었다.

그를 따라갔더니 그의 집에 누군지 모르나 피범벅이 된 부상자가 누워 있었다.

그의 말이 출혈을 너무 많이 하여 의식 불명이라 했다.

나는 사연을 듣기 앞서 지혈부터 시켰다. 압박붕대로 감으려 했으나 상처가 깊었다.

한상욱 씨는 내 옆에서 환자에 대해 설명해 줬다.

"한국 사람인데, 일본인 회사의 직원과 싸우는 중 일본인이 맥주병을 깨뜨려 배를 찔렀답니다."

나는 탈지면으로 상처 부위를 깨끗이 씻어 냈다. 그리고 찢어진 곳에는 약을 바르고 붕대를 감아 주었다. 그리곤 주사를 놓고 정성스레 치료를 해주었다.

다만 아쉬운 것은 봉합실이 없고 바늘도 없어 찢어진 곳을 꿰맬 수 없다는 말을 해주었다.

'꿰매면 상처가 빨리 아물 텐데…….'

옆에서 걱정스럽게 지켜보고 있던 회사 상무가 나에게 소견서를 써 달라고 해서 써 주었다.

기억이 잘 안 나나 앞으로 4주 정도 치료를 요하고 치료비는 5천 피아스타 정도라고 써 주었더니 다음날 돈 5천

피아스타를 가져와서 '한국 사람들 모르게 해주시고 잘 치료해 주십시오' 하고 부탁하고 돌아갔다.

나로서는 뜻밖에 받아쥐는 횡재였다.

하지만 나에게도 한 가닥 양심은 있었다.

'치료비를 엄청나게 요구한 것도 그렇지만 왜 이런 환자를 병원으로 데려가지 않을까, 만약 잘못되면 천추에 씻지 못할 한이 될 텐데……'

나는 조 사장에게 물었다

"지금 이곳 일본놈들 정신없소. 쫓겨날지 모르는 판국에 병원 문이 뭐요. 환자가 발생해도 받을 경황이 없소."

상황 판단은 더 말을 듣지 않아도 알고도 남았다.

'으응, 이래서 나 같은 조무라기 의사에게까지 이런 환자가 찾아왔구나!'

나는 이렇게 자위하며 부상자의 쾌유만을 빌었다.

그 뒤 부상자는 나의 지극한 간호로 어설픈 의술로나마 한 달이 지나자 나아서 전과 같이 활동을 할 수 있게 되었다.

하늘의 도움으로 나았다고 생각되어 나는 몇 번이고 하늘에 대고 절을 했다.

천원짜리 인생

나는 뜻밖의 거금이 생기자 무엇보다 먼저 생각나는 것
이 고향에 돌아가고 싶은 것이었다.

고향 땅에 계시는 어머님과 형제와 친지들이 살고 있는
내 고향—.

생각할수록 그리움이 주렁주렁 열렸다.

나는 김상률 회장을 찾아갔다.

"제가 고향을 떠나온 지 벌써 6년이 가까워옵니다. 이제
고향에 가고 싶으니 좀 도와 주십시오."

"물론 고향의 부모 형제를 만나보고 싶겠지. 내일인가
모레 사이에 한국으로 가는 배가 있다고 들었지만 지금 고
향에 간다 해도 전쟁을 치른 뒤라서 여기처럼 시끄러울 것
같네. 이왕 늦은 김에 안정이나 되면 나가지 그러나. 나 역

시 고향을 떠나온 지 30년이 되었으나 갈 생각은 별로 없네. 꼭 가고 싶으면 다음 배편에 가도록 알아봐 주지."

그는 약속해 주었다.

이런 일이 있은 지 보름인가 지나서였다. 귀국자 명단을 접수한다고 한인회에서 연락이 왔다.

등록을 하고 나자 주의할 것이 이만저만이 아니었다.

첫째, 승선권을 사야 한다.

둘째, 금은 보석은 물론 그 밖의 재산은 한 가지도 가져갈 수 없다.

누구 한 사람이라도 심사에 걸리면 전원 못 간다고 하면서 프랑스 세관의 까다로움을 들려주었다.

나는 돈을 한국 돈으로 바꾸었다.

막상 바꾸려 하니 5천 피아스타를 흥청망청 써 버렸기에 몇 푼밖에 안 남아 선물조차 살 돈이 없었다.

'다행이었다. 심사에 걸릴 염려 없으니……'

내가 떠나는 날, 조대철 사장, 김상률 회장, 한상욱 씨, 그리고 사귀었던 교포들이 부둣가에 와서 손을 흔들며 이별을 아쉬워했다.

"가방을 열어 놓으시오. 금은 보석은 자진해서 신고하시오."

프랑스 세관원이 으름짱을 놓는 바람에 땅에 떨어진 비누 조각도 주워 담지 못했다고 내 아는 사람은 아쉬워했다. 나는 가방 속에 남방셔츠 2개와 신발 두 켤레 넣은 것이 모두였다.

승선하고 나서 배를 보니 어딘지 낯익은 배였다. 미국 배도 프랑스 배도 아니었다.

전쟁 중에 일본인들이 가장 잘 만들었다고 자랑하던 1만 8천 톤짜리 '무사시' 란 일본 배였다.

전쟁에 이기면 '기미가와마루'가 우리를 데리러 온다고 했었는데, 사정이 바뀌어 약속은 수포로 돌아가고 만 것이다.

사이공에서 귀국선을 탄 것이 1945년 10월 3일, 일주일인 10월 10일 부산이 보이고 오륙도가 셋으로 다섯으로도 여섯으로도 보이다가, '귀향 동포 환영' 이란 완장 두른 젊은이들이 반갑게 맞아주었다.

"그동안 객지에서 고생이 많았습니다."

따뜻한 인사말과 함께 고향에 돌아가라고 여비도 천 원씩 나누어주었다.

1941년 11월 20일 출항해서 1945년 10월 7일 귀국하여 5년 간의 유보된 자유를 천원 짜리 한 장과 함께 찾는 감격적인 순간이었다.

에필로그

벌써 12년 전의 일이다.

우연히 주인공 C선생에게서 일본 놈들을 골탕먹인 '국제 간첩 소동 사건' (?)을 들을 수 있었다.

'일본은 곧 망하니 형님은 피하시오.' 라는 편지 한 통 소동―.

조선에서 끌려온 징용자의 편지에서 나온 국가 1급 비밀!

천하무적, 충용무쌍, 연전연승을 자랑하는 신국 일본이 망한다고…?! 상상조차 어려운 말에 일본 헌병대조차도 긴장을 했다니…….

필자는 관심을 갖고 그를 여러 차례 만나 여섯 개의 녹음 테이프를 받고서 이 소설을 3년 동안 썼다.

징용자—.

너무도 잘 드러나 있는 나라 뺏긴 민족이 겪어야 했던 치욕의 한 토막 슬픈 수난사였다.

징병에, 학도병에, 전쟁 위안부(정신대) 역시 모두 우리의 부모 형제 자매의 뼈아픈 역사의 흔적들이다. 특히 일본군 29명에 조선여자 정신대 1명이라는 기막힌 사실은 무엇을 말하는가?

사실, 이 흔적들은 태평양전쟁(세계 2차대전)이 끝난 지반세기가 넘었지만 한일 두 나라 사이에 얽혀 있는 미해결의 장으로 남아 있는 것들이다. 때마침 김대중 대통령의 방일(1998. 10. 7~10)로 일왕과 총리로부터 '고통 사죄'라는 문서화된 선언문서를 받을 수 있었으나 아직도 우리의 가슴 속에 남아 있는 응어리는 풀리지 않고 있다.

어쨌건 이것들 모두가 우리 배달민족의 피눈물나는 굴욕의 역사이기에 쉽사리 지워지지는 않을 것이다.

그 때 일본의 총알막이가 아니면 일본군의 전쟁터 속의 노리개로 농락 당하다가 꽃다운 청춘으로 사라진 젊은 원혼들이 이 땅의 하늘에서 지금도 구천을 떠돌고 있지 않은가!

여기서 필자는 어째서, 왜, 일본에게 나라를 빼앗기게 되었나? 하고 어리석은 질문으로 나 자신에게 묻고 있다.

덧붙여 1910년 한일합방 뒤 일본이 세계 제패의 꿈을 실현시키려고 획책하는 사실 앞에 미 · 영 · 불 · 러의 주변

강대국들은 '왜 이 야욕을 막지 못했을까?' 하고 폭 넓게 열강들의 역학관계(力學關係)를 이 소설 속에서 조금은 외도(外道)도 해보았다.

원래 이런 실존 인물 중심의 실명소설은 주인공의 본명을 밝히고 이에 따른 자료, 이를테면 사진이라든가 일기나 일지 같은 기록들도 곁들이기 마련이나 당시는 너무도 바쁘게 쫓겨가며 살아온 날들이었기에 한가하게 사진을 찍을 시간도 없었으며 군사기밀이라는 이유만으로 메모나 기록 같은 것을 통제 당했기에 써 보내라는 고향으로의 편지 외에는 쓸 수도, 마음의 여유도 없었다고 C선생은 술회(述懷)한다.

정말 이 실명소설이 다만 하나의 읽을거리로만 그치지 않기를 바란다.

동족상잔의 6·25 한국전쟁도 그렇지만 일본의 식민 통치시대를 겪지 않은 우리의 2, 3세대들은 나라 잃은 민족의 서러움이란 이런 것이었구나! 하고 나라를 사랑하는 마음을 가다듬을 계기가 되었으면 하는 욕심을 부려 보면서 에필로그로 갈음한다.

2004년 1월 龍仁 寓居에서

저자 崔永宗 識

최영종 장편실화소설

불충신민

·

지은이 / 최영종
펴낸이 / 김재엽
펴낸곳 / **한누리미디어**

·

100-845, 서울시 중구 을지로 2가 148-73
신화빌딩 401호
전화 / (02)2278-4513, 2268-4514
팩스 / (02)2268-4524

·

등록 / 제16-467호(1993. 11. 4)

·

초판발행일 / 2004년 1월 26일

·

ⓒ 2004 최영종 Printed in KOREA

·

값 10,000원

E-mail/hannury2003@hanmail.net

※잘못된 책은 바꿔드립니다.
※저자와의 협약으로 인지는 생략합니다.

ISBN 89-7969-241-2 03810

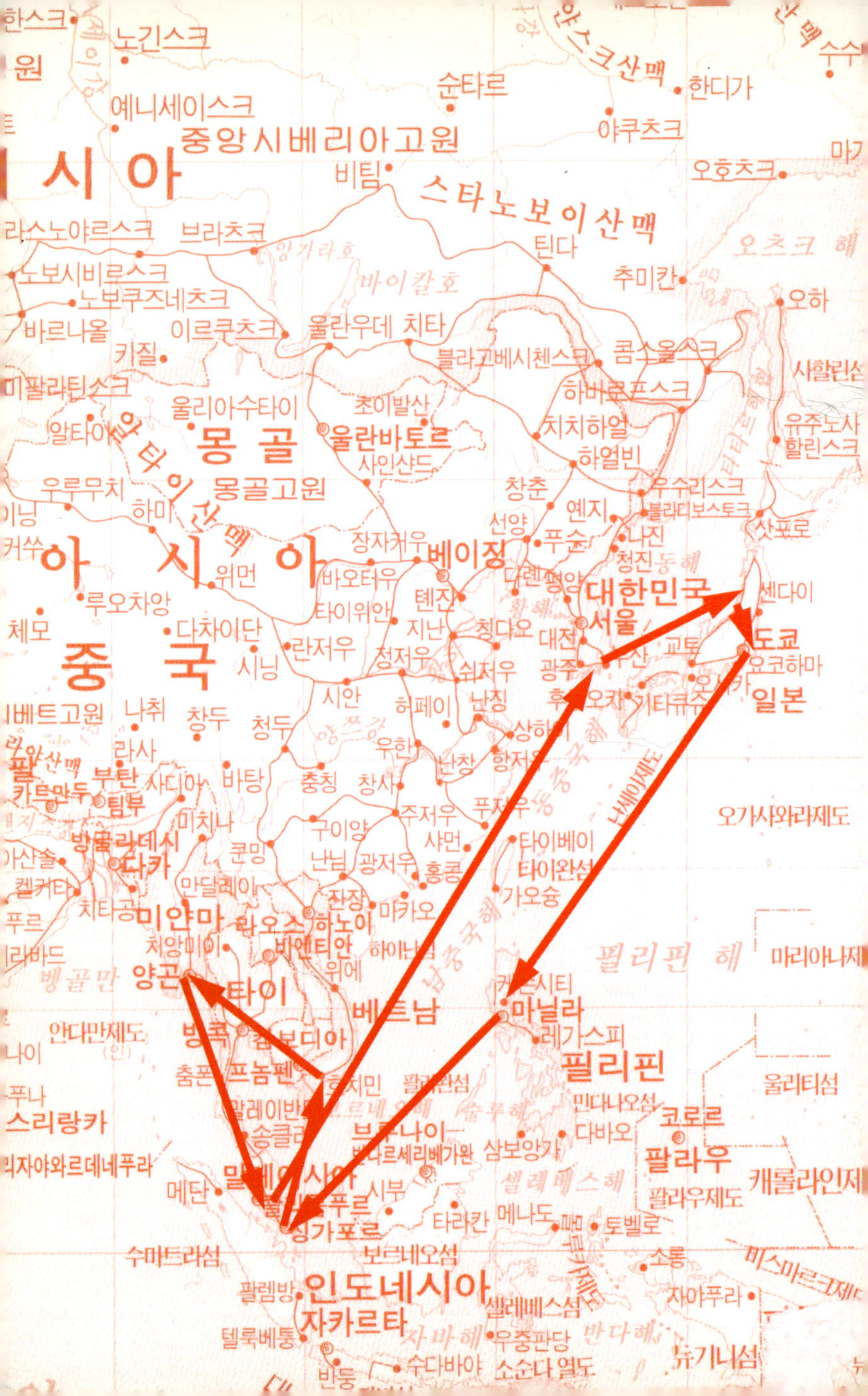